마 녀 빵 집

魔女麵包店

한수인 韓秀仁 著　陳宜慧 譯

CONTENTS

I

麵包店的祕密

柔和的氛圍，甜滋滋的香氣。一開門，一股香噴噴的暖流包圍全身。拉拉悄悄睜開原本閉著的眼睛，探頭探腦地環顧四周，然後「嘿」，發出一聲尖銳的聲音。角落一個身分不明的女人突然冒了出來。

「啊，妳好？」

拉拉用尷尬的微笑打了招呼，但是把她叫進來麵包店裡的女人卻露出很冷漠的表情，只是抬起下巴指著桌子，沒有做出任何回應。拉拉看到女人的目光放在桌子上，於是迅速挪動腳步將椅子拉出來坐下。女人靜靜看著這麼做的拉拉，開始移動腳步將點燃的蠟燭放到門口。拉拉只聽見地板發出幾聲沙沙聲，女人就消失在廚房裡了。

「感覺比剛剛在外面看到的還要陰森。」

拉拉覺得頭皮有些發麻，她透過店裡的一扇窗戶，細細觀察因下雨而變暗的店內。「我只是想找份工讀，怎麼會來到這裡？」拉拉回想之前在家庭聯絡簿看到的資訊，嘆了一口氣。這個月底前要交下學期三天兩夜學習體驗之旅的費用。面對寫著幾十萬韓元，對他人來說平凡無奇的聯絡簿，拉拉眼前一片漆黑。她到處尋找工作，但是總在面試中因為看起來太年輕，接連被拒絕。

「出師不利通常接下來也不會有好結果，我還以為自己真的能找到工作呢！」

拉拉看著麵包店牆壁一側的貓專用通道喃喃自語。在來到這裡前，拉拉已經放棄找工作，在通往破舊貧民區的回家路上偶遇一隻站在牆上的貓。貓脖子上繫著高級的黑色蝴蝶結，飄動著充滿光澤的毛，向拉拉撒嬌地叫。拉拉欣然走上前去，伸出手來，貓咪在她手背上蹭了蹭，就四腳朝天躺了下來。

拉拉很快被牠迷住，連回家都忘了。如果不是頭頂淋到掉下來的冰冷雨滴，她也許會繼續跟著貓咪走。「蝴蝶結貓咪，快去躲雨，我也該走了。」拉拉站起身來，貓則用敏捷的身姿跳下圍牆，站在拉拉面前，然後張大嘴巴開始大聲叫起來。拉拉對貓突如其來的行為不知所措。但是漸漸地，她開始感覺到，這隻貓說不定出了什麼事。

「我怎麼莫名出現這種想法？」

拉拉搖了搖頭，但是她偏偏在此時突然想起之前看過的感人故事，她曾經因此嚮往能幫助陷入困境的動物們，但是來到麵包店之後，這種浪漫的想法就消失了。

「我不該想這些的，真是的。」

拉拉一邊用手揉著淋濕的制服裙子，一邊嘟噥著。就在這時……

「來吧。」

「我的媽呀，嚇我一跳！」

拉拉嚇得全身發抖。不知何時，一個女人從她身後出現，在拉拉面前放下一個東西，並走到對面坐下。女人這次也一樣，只是輕輕抬起下巴，指著拉拉的前面和下面，拉拉跟著她的動作傻愣愣地低下頭。眼前是一個圓形木盤，裡面整齊地擺放著剛烤好的麵包，以及用香噴噴的牛奶和有著濃厚佛手柑香氣的茶葉泡出的奶茶。拉拉的肚子咕嚕咕嚕地響著。

「吃吧，接下來我還有很多話要跟妳說。」

女人不經意地瞟了一眼拉拉的肚子。拉拉默默地漲紅了臉，但她也只是害羞了一會兒，手就自己動了起來。拉拉快速拿起一塊麵包，塞進嘴裡，一邊狼吞虎嚥地嚼著麵包，一邊不停地觀察。她想著把自己帶到這裡的貓會不會再次出現。然而，店裡很黑也很陌生，即使貓就在裡面，要想找到牠也不是件容易的事。

「咯！咯！」

拉拉突如其來的大口吃東西，結果麵包卡在喉嚨裡了。女人默默推著那杯奶茶給正在咳嗽的拉拉，拉拉趕緊接過杯子喝下奶茶。

「妳真是亂來。」

拉拉的臉在黑暗中又漲紅了。女人伸出纖長的手指，把放在桌子一邊的玻璃煤油燈拿了過來，並且擦著火柴點火。本以為會聽到幾次啪啪點不起火的聲音，結果沒想到很快就點著了，周圍也亮了起來。看著這情景的拉拉不知為何感覺快要窒息了。

「什麼？她居然是這麼美的人！」

拉拉嚇得差點把心裡想的話都說出口了。在煤油燈的晃動中，拉拉看清楚對面坐著的女人美麗的臉龐。她是一個有著奇妙黑長髮的女人，穿著端莊，一張白嫩嫩的臉稚氣未脫。

「麵包店的名字也不是完全沒有道理。」

美女麵包店。到底是誰為這個在半山腰上的偏僻麵包店取這樣的名字？如果不是跟著貓咪，她絕對不會知道這間店，但是從現在開始，拉拉決定接受這個荒唐的店名，因為這個看起來像老闆的女人，任誰看都會認為是美女。女人向停下咀嚼的拉拉招招手，要她再多吃點麵包。拉拉又抓起一塊麵包放進嘴裡，也開始品嘗到與剛才肚子餓到極致時不同的新味道。

「哇……這麵包雖然很清淡，但是裡面有很多黑芝麻，所以越嚼越香，而且味道不刺激，一次可以吃上許多個，好讓人上癮。」

拉拉的雙眼閃閃發光，她喝了一口熱呼呼的奶茶，吃完最後一塊芝麻麵包後，她又拿起另一塊麵包。這是外觀看起來有好幾層薄麵皮層層堆起來的麵包，口感非常酥脆。咬一口後，從深處散發濃郁的奶油香氣，麵包內部柔軟又濕潤，非常適合作為早餐。

「真的好好吃！」

拉拉不知不覺完全迷上麵包，吃得忘我。就在此時——

「嗯……看樣子妳應該已經吃飽了，現在來聊聊如何？」

一直靜靜看著拉拉吃東西的女人這麼說。

「來吧！」

她突然向拉拉伸出了手。

「給我。」

「什麼？要給妳什麼？」

她到底要跟我要什麼？拉拉眉頭微微動了一下，與此同時，她的腦中閃過各種想法。難道她現在是要我付麵包的錢嗎？想到這裡，拉拉心都涼了，她立刻從座位上站起來，像剛從冰中解凍的人一樣開始翻找包包。

然而，她比任何人都清楚這沒有什麼用，因為她已經超過一週沒收到零用錢了。

「完蛋了！怎麼辦？」

女人靜靜看著手忙腳亂的拉拉，眉頭開始微皺了起來。看到女人皺起眉頭的樣子，拉拉想馬上逃跑。女人收起伸出的手，雙手交叉盤胸，抖動了一下雙肩，打開緊閉的雙唇，開始說話。

「徵助手，我的徵人啟事裡有寫。」

她說話的口氣挺凶的。

「妳的徵人啟事？」

拉拉停下翻找包包的手反問。

「是啊，早上送到妳家玄關前，妳沒看到嗎？」

「玄、玄關前……」

拉拉接著「啊」地，大喊一聲，今天早上她確實在玄關門縫發現一張小到與名片差不多，幾乎沒有誠意的可疑黑紙。

以金黃色的字體大大寫著「徵助手」的正面，翻過來就能發現光滑的背面連一個徵人時該有的電話號碼都沒有，只潦草地畫著惡作劇般的粗略地圖，這與上了國中後一直想賺錢的拉拉對徵人的想像相去甚遠。但是那個粗略的紙張居然是真正的招聘啟事。拉拉慌忙把手伸進制服右邊的口袋，沒多久就拿出了被雨淋濕後軟爛的紙張。

「打開看看。」

把手張開的拉拉以無法理解這句話的表情看著女人。被雨淋濕到破爛不堪的紙卻變成乾淨光滑的白紙。

「不見了……」

將紙張轉到背面的拉拉低聲自言自語。背面原有的簡圖消失了。這到底是怎麼回事？

「再仔細看看。」

「什麼？」

「那上面寫的條件。」

「條件嗎？喔啊啊！」

拉拉露出難以置信的表情，連徵人啟事都掉到地上。原本畫有簡略地圖的位置上自動刻上新字句，並且很快就密密麻麻地寫滿。

麵包店正在徵助手。助手的工作為打掃麵包店、幫貓咪梳毛、陳列麵包，使麵包看起來可口誘人，並協助客人迅速找到想要的麵包等等。

「請好好看看這些條件。」

女人用溫柔的聲音說。拉拉略顯害怕，伸手拿起徵人啟事，讀完後，這段文字又不見了，看著被其他文字重新填滿的紙張，拉拉露出了不可思議的表情。怪不得女人看著拉拉這樣的臉看得很開心。

管理麵包特別重要。★★★★★

放學後如果沒有特別的事，會來麵包店工作三小時以上（略）。

至於特別獎勵，如果順利完成咚咚們的特別任務，每年給予一次獎賞（略）。

「要滿足咚咚們的心願？」

這是拉拉眼前最醒目的句子。

「是的，不論是什麼願望，我都要完成他們最想要的一個心願。」

這不只是對小孩子做的無聊約定，而是要滿足願望？當拉拉認為這個徵人啟事有些荒唐時，女人接著又開始解釋。

「當然也會給予金錢上的獎賞，妳現在不是很需要錢嗎？尤其是妳穿的那雙鞋也需要換一下。」

拉拉慌張地縮起腳。她想起今天早上在上學的路上，同學們對於她穿著假名牌鞋而議論紛紛的臉。這個女人到底對她了解多少？拉拉突然覺得自己很赤裸。

「沒什麼好驚訝的，因為妳是我們的合適人選，所以我就先觀察了一下。」

女人裝作沒什麼大不了，甚至相當理直氣壯的樣子。拉拉眉頭深鎖，緊閉著嘴。「把我的情況說得那麼詳細，卻叫我不要被嚇到？」

「工作多少就會拿到多少報酬，這個原則是我訂的。妳現在的雇傭條件非常好，其他地方沒有這樣的待遇。」

是的。沒有任何地方有這樣的待遇，至少在拉拉去過的眾多店鋪中，沒有一間提出過這樣破格的條件。但是即便如此——

「還是有哪裡不對勁。」

仔細想想，這一連串的事都很奇怪。拉拉抬頭看了看女人和四周，她第一次進到店裡感受到的甜蜜氣味和溫暖氣息仍在，這裡絕對是麵包店沒錯。

「嗯……」

面對越來越複雜的情況，拉拉搖了搖頭。

「哎呀，有什麼問題嗎？妳看起來一臉困擾的樣子，我還以為妳會很高興呢。」

拉拉因為女人的這句話露出不高興的表情。「面對這種情況會感到開心的人是白痴或傻瓜吧。」接著又說：「首先，我想問一下。」

「好啊，說不定這樣反而更好，我很討厭說服別人。問吧，我什麼都會回答的。」

聽到女人爽快的回應後，拉拉暫時平復了心情，接著張開一直緊咬著的嘴唇。

「就是……妳到底是做什麼的？」

「我是這裡的老闆。」

「不是那樣的，我是問妳做了什麼，妳怎麼會知道我今天在來到這裡之前做了哪些事？」

「啊，妳果然會好奇這一點。在解釋這些之前，我想先聽妳自我介紹，妳叫什麼名字？」

「拉拉。」

拉拉很疑惑，這個女人這麼了解她的情況，為何會不知道她的名字？但是她仍然反射性地回答了。

「拉拉？這名字有什麼意思嗎？」

「歡快的歌曲。」

「哇喔，是個好名字。好，那妳也問一下我的名字吧。」

「什麼？」

拉拉對這有些荒謬的要求皺了皺眉頭，嘟起了嘴。但是不知為何，拉拉很難不聽從女人的要求，即使覺得這個要求有點荒唐，但是拉拉也沒有理由拒絕。

「名字啊……請問妳叫什麼？」

「我？我的名字嗎？」

女人似乎快要笑出來，眼神和聲音都很古怪。看著裝模作樣的人，拉拉覺得她果然很奇怪。

「魔女。」

「什麼？」
「金魔女。」
「金魔女。」拉拉又遲疑地重複了一次：「金……魔女嗎？」
如果沒聽錯，這真是個奇怪的名字。但是拉拉看著如同真正魔女般嘻嘻笑著的女人，覺得她應該不是在開玩笑。
「那個，妳是說魔女嗎？因為外面的招牌寫的是美女麵包店，所以我還以為那是指老闆的臉很美。」
無意間吐露心聲的拉拉露出了尷尬的表情。魔女先用詫異的眼神看著不再繼續說下去的拉拉，接著馬上用「領悟到什麼」的眼神微笑著。
「原來妳是這麼想的嗎？妳的稱讚真有趣，妳以為因為老闆是美女，所以才叫美女（미녀）麵包店啊！謝謝妳的誇獎，但是這間店的名字是魔女（마녀）麵包店，可能是因為風雨讓招牌掉了一個字吧！」
拉拉發出了一聲「啊！」的呆叫聲。女人突然舉起手來，彈起大拇指和中指，引起了拉拉的注意。

「現在我們都互相介紹完了，我告訴妳一個祕密。」

接著在未經拉拉同意的情況下，女人擅自拉著拉拉的身體將她扶起來。啪！啪！啪！女人又彈了三下手指頭。周圍的蠟燭開始隨著聲音一一熄滅。拉拉對突如其來變暗的環境感到害怕，她認為如果自己再繼續這樣神智不清，可能會被這個房間吞噬。

噓噓噓，這次拉拉聽到了口哨聲，她縮起肩膀，快速環顧四周。就在這時，她周圍開始出現一些模糊的物體。那是一些光滑且隱約閃亮的塊狀物，拉拉瞇起眼睛，開始探索它們的真面目。

「妳靠近一些看看。」

面帶可疑之色的拉拉還是按照魔女的話慢慢走近這些團塊，並開始觀察。麵包？為什麼麵包中會發出這種光呢？

「摸摸看吧。」

拉拉又把頭轉向魔女所在的地方。拉拉的眼神中充滿疑問，並詢問為什麼要這樣做。魔女只是笑著聳聳肩。拉拉懷疑的表情沒有消失，舉起手指觸碰麵包。麵包團突然一陣扭動。

「我的天呀！」

模糊的光線突然變得清晰起來，並開始成形。面對這驚人的場景，拉拉張大了嘴，下巴幾乎要掉到地上。「天啊！那是什麼？」看著從麵包中掉出來變成倉鼠、小狗、貓、兔子、鸚鵡、烏龜形狀的光團，拉拉停止了呼吸。

「這，這到底是什麼呀？」

拉拉結結巴巴地吐出這句話，並揉了揉眼睛。就在此時，魔女又彈起了手指，點燃店內所有的蠟燭。於是，散發著溫暖光澤的麵包，不，動物們開始變得更加鮮活。

「哇，這太奇怪了！這都是什麼……」

「現在出來說明一下吧。」

拉拉聽到身後魔女的聲音後，轉過頭去。對，沒錯，說明，這才是她現在最需要的。拉拉迅速轉過身，朝魔女所在的方向走去，接著她被突然越過眼前的某個東西嚇得停下腳步。

「哇，是你！」

牠就是製造這起事件的主角，也就是繫著漂亮黑色蝴蝶結的虎斑橘貓。貓帥氣地降落在桌子上，開心地朝拉拉大叫。拉拉就這樣衝上去，緊緊抓住牠的身體，與牠對視。

「你！到底是怎麼認識我，還把我帶到這裡來的？」

貓只是叫了一聲，然後悠然自得地溜出拉拉的手，用圓圓的頭開始蹭她的手臂。

「哎呀？」

看到這個樣子的魔女不知為何嗤之以鼻，然後就像催促某人似的說道：

「別賣關子了，快說明吧。」

「什麼？我嗎？」

「不是說妳。」

除了我？這裡還有誰？拉拉用難以置信的眼神低頭看貓。

「說明這種事我一個人也做不到啊，真是的。」

拉拉用雙手摀住嘴巴，嚇得打哆嗦。她居然聽到貓說人類的語言！精確來說，拉拉感覺自己不像是從耳朵聽到貓說的話，而是聲音像在腦海中響起，不，聲音似乎像是打在她全身。

「啊，這一定是我在作夢，不然不可能會這樣。」

拉拉像丟了魂似的喃喃自語，貓則咯咯笑著。此時，魔女要貓說出她也能聽見的話。

「好啦，知道了。」

貓的聲音現在聽起來很自然，就像從耳朵聽到的人聲。

「拉拉，很高興見到妳，妳一定很驚訝吧？但是這裡發生的事都是真的，妳是很合適的人選，妳可以看到、聽到、感覺到，就連我這隻貓說話妳都能聽到。」

接著貓將目光投向天花板，拉拉也跟著抬起頭，天花板上漂浮的光團映入拉拉眼中。那一瞬間，代替拉拉尖叫聲的是她大驚失色的表情。貓又咯咯笑起來，點燃的蠟燭火勢突然大了起來，光團們飛到中間，愉快地跳起舞來。

「先自我介紹一下，我的名字是逗樂，正如妳所看到的，我是一隻非常棒的貓咪。天花板的這些我們叫牠們咚咚，而不是麵包，看來大家都對妳很好奇。」

從光團中跑出來，完全成形的「咚咚」們不知何時開始輕輕搖著尾巴或離開托盤，在架子上竄來竄去。奶油上放著鮮紅櫻桃的鬆餅，一碰到拉拉的視線就變成了雪白的兔子，烤得金黃的栗子麵包則變成古銅色斑紋的貓。拉拉環視了整個麵包店，發現到處都有咚咚們。她無意間低頭一看，身體一下變得僵硬。不知不覺間，她的腳下聚集了充滿好奇心的咚咚們，變得非常擁擠。

2

新來的工讀生

拉拉一邊喝著魔女遞給她的香草茶，一邊靜靜看著在桌子上舔著脖子的逗樂。不管怎麼說，她還是很難接受會說話的貓。逗樂似乎察覺到拉拉對牠的恐懼，改變姿勢坐下，並開始說話。

「雖然妳似乎還很混亂，但是現在不能再等了，我會馬上開始說明。我們為死後的咚咚們提供時空。簡單來說，這家麵包店算是牠們去陰間前的最後一個航廈。」

「航廈？」

「是的，在靈魂完全離開人世之前，牠們會在這裡停留七天。」

拉拉對逗樂的這番話發出了一聲驚嘆，接著將身體貼得更靠近逗樂，她正要認真聽逗樂解釋，但是此時遠處卻傳來動靜。

「那個，是不是有人往這邊來了？」

拉拉把頭轉向門邊說，濕漉漉草坪上的踩踏聲很快變得更近了。似乎有人緊靠著門站著。咔嗒，吱吱。一個男人急忙推開麵包店的門走了進來。他將濕透的雨傘在空中胡亂抖一抖，放入傘架，踩著仍滴著水的皮鞋走在地板上。魔女看著男人的樣子，面露不悅。抱著好奇心再次觀察周圍的拉拉發現咚咚們全部都進到麵包裡，拉拉因此放心不少，但同時也感到驚訝。

「為什麼會這樣？」

男人一出現，不知為何，咚咚們文靜地回到架子或托盤上，但是牠們的眼神中充滿了期待。相反的，男人卻只是毫無表情地拿著夾麵包的大夾子和方形盤子。

「哦？」

在屏住呼吸觀察情況的拉拉視線中，有一個特別顯眼的麵包。有著鮮黃色奶酪卷形狀的麵包似乎在朝男人大喊自己在這裡般，伸直脖子，眼睛閃閃發光。拉拉看到那纖長光滑，並且捲成一圈的身體，突然想到了什麼。

「蛇？」

這是拉拉生平第一次看到猛獸，但是她覺得蛇笑著的嘴形和芝麻般的兩隻眼睛越看越可愛。這期間，男人探頭探腦地站在黑暗的貨架前，不停地翻找麵包，但是卻沒有發現奶酪卷。

「哎呀，他好像沒看見，這次也是先夾了別的麵包。」

正如魔女所說，男人因為戴著厚厚的黑框眼鏡，眼睛變得如豆粒般小，他在不斷晃動的燈光下一臉混亂。

「妳去帶路如何？」

「什麼？我嗎？」

「因為妳一下子就知道那個男人在找什麼麵包了，不是嗎？」

對於魔女的輕聲要求，拉拉沒有回應。儘管拉拉沒有特別想幫忙男人，但是魔女用執著的眼神催促著她。在此期間，意志消沉的奶酪卷失去了閃耀的生機，變暗了不少。拉拉以無可奈何的表情走近男人，並以不嚇到男人的聲音說道。

「客人，您要找的麵包在這裡。」

拉拉剛說完，腰下方的貨架上突然響起一陣喧鬧，咚咚們之間出現了抗議和吶喊聲。有些咚咚用不高興的表情讓自己的身體發出極大的光，擾亂男人的視線，有些咚咚則很高興奶酪卷終於被男人看到了。

「喔喔，我們的小芝麻！」

男人一口氣越過拉拉，把芝麻奶酪卷緊緊抱在懷裡，接著馬上拿出白色信封遞給拉拉。拉拉糊裡糊塗地接過信封，露出不解的表情。男人連包裝紙都不拿就匆匆走出店門。

「喂，喂！等一下……」

「別管了，這就夠了。錢給我。」

魔女邊說邊拿走了拉拉手中的白色信封。她打開信封，取出一些錢，遞給拉拉。

「這是服務費。」

這時，逗樂又出現了。

「怎麼樣，我們的工作如何？」

咚咚們又像男人來之前一樣，開始在麵包店內亂竄。其中一些咚咚再次來到拉拉身邊，圍成一團仔細觀察。拉拉舉起雙手拍了拍臉，再看一遍，她還是不敢相信。

「不用那麼驚訝，妳的精神狀態很正常，先來這裡坐吧。」

他們顯然能讀懂拉拉的情緒和心思。

「這裡是決定亡者去向的地方。」

一直在聽咚咚們唱歌的逗樂回到桌上，似乎現在才要解釋一切。

「死去的人……這裡的每個人都是這樣嗎？」

「是的，都是靈魂已經出竅的人。」

「果然，果然是這樣！」

拉拉沒有拉出椅子，而是輪流指著逗樂和魔女，並後退了一步。逗樂覺得拉拉很好笑，笑得樂不可支。魔女指著麵包們聚集的地方說：「死去的不是我們，而是牠們。」

「總之，咚咚們是活著的時候受到人們照顧的生命，牠們都是寵物之類的。」

逗樂走近聚集在拉拉身邊的咚咚們，並和牠們打招呼。牠們的反應各不相同，有的將頭靠向逗樂，有的聞逗樂的屁股，有的則舉著前腳輕輕跳動。牠們都以各自的問候方式向逗樂打招呼，但是也有咚咚對逗樂無視或保持警戒。

「妳也知道，過去人們不會把牠們當成家人，只覺得牠們大部分是沒有太大危險的小野獸。牠們在野外學會了自己的生存方法，孤軍奮戰。後來，不知從什麼時候開始，牠們接連進入人類的歷史中。牠們與人類一起生活後，再也不用打獵，後來也不生育了，現在由人類決定牠們的繁衍。」

在拉拉看來，人類似乎不太尊重動物的本能。地球在不知不覺間鋪滿了只有人類才適合走的光滑柏油路。多數草叢和石頭被夷平，動物很難找到棲身之處。在人工的街道上，動物們無能為力。

「動物們不得不一點一點地接受這些限制。」

逗樂的聲音聽起來有些陰鬱。雖然現在人類多半把牠們當作「毛小孩」，但過去是被稱為「寵物」，唯有外貌可愛又親人，才能勉強生存下去。如果拉拉不是人類這一金字塔頂端的獵食者，她也很難想像在地球上生活會是什麼樣子。

「當然還有很多流浪動物。如果被認為是可以馴服的，那麼人類就會接納為家人。這叫什麼來著……挑選嗎？」

流浪動物，拉拉大概知道那指的是什麼，牠們主要是住在街上的動物，需要急切地在人類丟掉的塑膠袋中尋找食物，否則就會挨餓。

「仔細想想，也許人類覺得單純，不要生育的動物更方便，所以除了可愛之外，也偏愛需求不複雜的動物……是吧？也就是說，人類和動物彼此都在適當的範圍內尋找合理的共處之道。」

拉拉不由自主地皺起了眉頭。即使人類吃剩的食物殘渣散發著誘人的味道，也能填飽飢餓的肚子，但那也只是人類吃過的食物。無論如何，從現在來看，不論是哪種動物，都很難保有自己的本性。

「好吧，就當你說得對。但是……」

「已經回不去了。」

拉拉在這瞬間從牠眼中讀到了許多東西，不需要再多說什麼了。在一個變化驚人的世界裡，動物們的生活已經無法回到從前。

「那麼，現在請告訴我為什麼咚咚們會鑽進麵包裡。」

「這是個很好的問題。」

逗樂揮動著尾巴，神祕地眨了眨眼睛。

「雖然故事很長，但是希望妳可以好好聽下去。不久前，在天界負責死亡的悲傷之神特地下發了一份管理靈魂的罕見公文。雖然我不知道妳是否相信，但神是存在的。」

此時旁邊的魔女發出了噗哧的笑聲，她揮揮手表示自己是不小心的，但她突然的行為使逗樂的瞳孔變大，小鬍子變得僵硬。

「總之，神認為有必要對快速增加的新階層進行更周密的觀察和考量。因為神認為，非人類的生命成為人類的家人或朋友是相當有意義的。」

「你說神認為那是有意義的？為什麼會這麼認為？」

「因為神負責所有靈魂的誕生、死亡和分類。」

「所有靈魂的分類？」

「神最重視這個世界的平衡，所以非常敏銳地關注靈魂的生活型態。神會一邊看著靈魂變化的樣子，一邊準備讓牠們重生。嗯，這部分有點難解釋，之後再說吧。總之，神希望從需要特別管理新階層的角度出發，將牠們取名為咚咚。」

逗樂似乎很想告訴大家神有多在意這件事。

「咚咚是什麼意思啊？」這時魔女嘲諷地插話。

「意思是指人類的小乖乖或小可愛，應該是因為牠們是一輩子都受人類愛護的生命，所以才取了這個名字吧？哈哈哈，也可能是因為天界那裡都只有老人，所以才想取這種可愛的名字。」

逗樂這次也不理會魔女的挑釁，只把目光望向拉拉。

「不論如何，我再回過頭來解釋為什麼咚咚們會進入麵包，這是為了把沒有形體的靈魂變成有形的東西，並呈現到客人面前。這是很簡單的方法，因為看起來很好吃的麵包比任何東西都更讓人感到安全和熟悉，客人們一買下就可以直接吃，所以咚咚們流失的風險也很小。」

「有一定要吃麵包的理由嗎？」

「唯有進入客人身體後再出來的咚咚才能發揮靈魂的力量。生與死若要相遇，只有靈魂直接相通這個方法。」

「好吧，我就大概用附身之類的來理解。那麼，下一個問題，剛剛那個男人和奶酪卷好像互相認識，到底是怎麼認識的？應該說，他一開始是怎麼找到麵包店的？這裡也不是很好找。」

「我會連這個也一起說明。」

拉拉平靜地等待牠的下一句話。

「妳曾經聽說過死者會出現在生者的夢裡，請生者答應他最後的請求嗎？」

「嗯，我母親去世後，我也夢到過幾次。」

「那麼妳應該很容易理解，我們用同樣的方式讓咚咚出現在主人的夢裡，使主人來到麵包店。來到麵包店的客人們會盡可能用毛小孩生前的模樣來選擇咚咚。偶爾也會有像剛剛那個男人一樣不大能找到的情況，這時我們就會幫忙客人尋找，客人們則會付我們服務費，把找到的咚咚帶走，並在當天夜裡作與咚咚相處的夢。這與其說是一場夢，更像是咚咚們打造的幻想世界。」

「不是夢而是幻想世界？」

「是的，人類會進入咚咚們描繪的世界，和牠們一起度過最後的時光，客人們會誤以為那只是感人的夢，但是從靈魂的角度來看，這件事是真的發生了。」

拉拉遲疑地點了點頭，她認為整件事有些難以理解。

「嗯……下一個問題是，麵包不是有保存期限嗎？難道咚咚們也是這樣嗎？」

「妳真敏銳，妳說對了。咚咚們在這裡停留的時間對人類來說是四十九天，對靈魂來說則是七天。我們以靈魂的時間為標準，執行特別的任務。」

「特別的任務？」

「是的，我們最重要的工作是幫助咚咚們完成最後的心願，雖然每個靈魂都不一樣，但是無論哪個死去的生命，都會在死亡的瞬間許下最後的願望。妳也一樣，只是大部分人的願望沒有那麼難以實現，都是自己完成心願後，快速前往陰間。然而，有些人在這個過程中需要幫助，所以才有像我們這樣的人。」

「我們？」

「精確來說就是擁有像我們這種人的力量。比如舉行宗教儀式，或是借助巫術的能力等等。當然我們是天界的正式認可者，所以與一般宗教人員是不同的。」

「大概可以理解，那麼，大家都許了什麼願望呢？」

「非常多樣，舉例來說，有咚咚希望再次嘗到主人在牠生日時幫牠做的地瓜慕斯蛋糕，有的咚咚想要回到每天散步的社區，一一處理自己生前留下的一些痕跡，也有咚咚希望讓家人知道牠的死並不是悲傷的事。通常咚咚們都會許願家人和朋友們能夠無憂無慮地幸福生活。」

「哇哇……比我想像的要具體得多，也好感人，但是萬一客人來不了麵包店怎麼辦？」

「這也是很好的問題，我們的任務就是從這裡開始。」

逗樂跳到放滿麵包的架子上，悠然自得地走著，走到放著蛋塔的地方，拉拉仔細一看，與其他麵包相比，蛋塔的光線格外模糊。

「這個咚咚的時間所剩無幾了，如果仍然無法如願以償，牠會變成軟掉的麵包，就算好不容易去到陰間，未了的心願終究會成為遺憾，這樣一來，即使花再多時間，牠也無法完全淨化成純粹的靈魂而重生，當然也會對下輩子產生很大的影響，因為在遺憾中形成的匱乏容易長出錯誤的種子。三天，這個咚咚現在只剩下三天了，但是客人還沒有來，如果是妳，在這種情況下會怎麼做？」

「嗯，方法滿多的，但是我首先會把這個咚咚送到客人那裡，當然也可以把客人帶來這裡。」

「很好的回答，我們的工作就是這個。天界命令我們引領所有的咚咚走過完整的死亡過程，所以絕對不能遺漏任何一個麵包。」逗樂邊環顧麵包們邊說道。

「那些該死的老人們，總是想著要使喚人，對每個人的要求都很嚴苛。」

「喂，說話小心一點。」逗樂對魔女低吼。

這時魔女凶狠地瞪大眼睛，雙手插腰。「你叫我說話小心一點？哈，你臉皮可真厚。我現在連說話都要被限制嗎？我只是短暫外出流浪，你們貓一家就買通我家的家神，佔用了房子。然後呢？天界的命令一下，就馬上開間麵包店開始做生意？哪有那麼荒唐的事？」

拉拉看了逗樂一眼，用眼神詢問：「有那樣的事嗎？」逗樂兩眼半睜，裝作不知道。

「然後這些討厭的鬼怪通通聚集過來，還開始要求我製作麵包，甚至舉辦宴會！」

「鬼怪嗎？」

「對，我還被威脅如果不照他們說的做，這些鬼怪不會離開這間房子，這不是強盜嗎？」

魔女憤怒地和拉拉哭訴。逗樂不耐煩地打了哈欠。魔女不開心地表示，每當想起牠讓人火大的態度，自己就會忍不住抱怨。拉拉認為不和的魔女和逗樂之間似乎還有自己不知道的恩怨，所以悄悄走到杏仁蛋塔旁邊。蛋塔瞟了一眼靠近的拉拉，不情願地蜷縮起來。拉拉左看右看，發現蛋塔似乎沒什麼自信。拉拉舉起手指輕輕放在蛋塔背上，慢慢地刷了刷牠的背，蛋塔稍微動了一下，接著開始慢慢鬆開蜷曲的頭和腿。

「妳做得非常好，果然是能成為祂們眼睛的合適人選！」

不知不覺間，逗樂走了過來，並發出讚嘆。拉拉可以推測出牠所稱的「祂們」指的是神。

「那麼，為什麼我是祂們心目中的合適人選呢？」

逗樂眨著眼睛，鼻子抽動了兩下，似乎在表示現在該解釋這個了。

「首先，我已經確認了妳的才能。」

「我的才能？」

「是的，妳有完美且驚人的才華。」

拉拉皺起了眉頭，她完全不知道自己到底用什麼方法展示了完美的才能。逗樂從貨架上跳下來，將後腿伸直，牠的尾巴向上捲起，輕輕擺動著，拉拉開始把目光投向牠的尾巴，逗樂背對拉拉站著，並轉過頭來，變得更加專注。

「妳還記得昨晚，第一次見到我的時候嗎？」

與逗樂對視的拉拉開始回想。昨晚，說起昨晚……就在那一瞬間，一個格外明亮的月亮，以及一雙琥珀色的貓眼一起浮現在拉拉眼前。

「原來那不是夢……」

睜開眼睛的拉拉喃喃自語。她眼前出現舊別墅後面一條彎彎曲曲的巷弄。

「喂，看那邊。」

不知何時爬上圍牆的逗樂悄悄對拉拉這麼說。那裡有隻虛弱的母貓和灰色斑紋的小貓在寒冷的路面上叫著。

「那個！」

「是啊，那天是妳救了牠們。」

拉拉驚訝地看著逗樂。

「妳還記得嗎？當時牠們的呼叫。」

「嗯，牠們真的很焦急地求救……等等，可是求救的是誰？難道那時候我……」

「沒錯，妳那時聽到了貓說話的聲音。那隻母貓命在旦夕，但是妳也知道，貓是無法說人話的。」

拉拉的眼睛劇烈地眨動。她還以為那只是感覺很真實的夢，聽了逗樂的話，她才知道那全部都是事實。此時，發出了拖鞋快速摩擦地面的聲音。

「這個聲音是……」

「對，是妳跑步的聲音。」

拉拉看到自己在睡衣上披上合適的衣服，轉過轉角走出來的樣子，她感到很詭異。拉拉看著那時的自己一臉焦慮地走近貓咪們，確認牠們的情況。她看到附近散落在地，還沒來得及清理的飼料罐，眼神一變。母貓嘴角吐著泡沫躺著，顯然有人蓄意傷害牠。拉拉呆看著自己緊緊抱住呼吸微弱的母貓和小貓。

「雖然現在才說，但是當時真的很感謝妳，要不是妳，我和孩子都難救了。」

拉拉不好意思地笑了笑。但奇怪的是，拉拉卻記不太清楚後來發生的事。途中逗樂出現，跟著她去了動物醫院，然後……拉拉搖了搖頭，仔細回想，從那之後就一直發生奇怪的事，不是幾乎每天都會在家門口收到看似熟睡的動物屍體，就是偶爾會覺得村裡的貓和鳥對自己很親切。

「所以我每天早上都要拿著鏟子到後山公墓。」

一直處於專心回想狀態的拉拉不知不覺又重新回到了麵包店。她被咬著自己衣袖拉拽的逗樂拉著走。逗樂請拉拉站在蛋塔前面。

「現在正式開始實習吧。」

「等一下，實習？我還……」

「先簽一下雇傭合約……」

這又是什麼話？突如其來的情況讓拉拉皺起了眉頭，她可不想跟這些怪人扯上關係。這間麵包店根本沒有任何一個正常的角落，即使不是這樣，拉拉已經和同齡人有許多不同之處。其他孩子過著的平凡生活對拉拉來說並不理所當然。拉拉小學快畢業時父親事業失敗，家境變得貧困，母親也去世了。她因此沒能好好進行基礎教育，所以升上國中後，拉拉的課業經常跟不上。班導師對拉拉說如果有不懂的都可以問她。這溫暖的一句話對拉拉來說似乎是變正常的唯一機會。然而，現實與拉拉天真的想法不同，已經熟悉基本知識的其他同學，把連簡單的問題都一一提問的拉拉視為麻煩人物。

「今天也是那樣，我告訴老師可以借工具給同學，卻反而被嫌棄。」

今天在需要用到不少工具的美術課中，世雅同學什麼都沒帶，美術老師詢問是否有同學要借工具給世雅，拉拉無奈地答應了，但是她的好意卻被世雅譏笑為拾荒的窮光蛋，說她的工具是撿來的。現在則感覺要捲入更不正常的事情中，與魔女、會說話的貓、咚咚、天界，以及特殊能力扯上關係。

「如果不情願的話，可以拒絕。」

打開合約，原本正在滾動筆桿的魔女將筆放在桌子上說道。拉拉瞪大眼睛盯著她。

「但是我之後不會再找妳了，我也不是很閒的人。」

魔女快速掃視咚咚們後說道。

「我不想妨礙妳過平凡的生活。」

這句話讓人感受到真心。拉拉輕輕點了一下頭，怪不得感覺魔女看自己的眼神有些變了。

「嗯，很感謝妳關心她，不過這不是妳能置喙的事，而是天界已經決定的事。」

逗樂曉之以理的樣子讓魔女看得很不高興。「哼，那是因為你和那些老頭是一夥的，如果拉拉不做的話，你也沒辦法。」

「我已經告訴妳不要再越線了。」

「哇，真可怕，連活了六百年的我都覺得害怕。」

拉拉驚訝地看著魔女，那張臉竟然是活了六百年的臉。然而，兩人殺氣騰騰的氣氛讓拉拉無法露出驚訝的神情，只能閉口不說話。說完這幾句話後，兩人別過頭去，完全鬧翻了。魔女一句話也不說，逗樂的瞳孔變大，小鬍子一根根豎直，又變得很緊繃。

「妳忘了我們的合約內容了嗎？」

魔女被逗樂的一擊嚇得縮成一團，她立刻瞇起了眼，緊閉嘴唇，並且惡狠狠地瞪著逗樂。就在這時候——

「請摸摸我。」

寸步不讓的緊張感被某個聲音打破了。拉拉和逗樂立刻認出了聲音的主人。杏仁蛋塔不知不覺走到他們身邊，正在用小黃嘴整理深紅色的軟毛。牠發出了悅耳的叫聲。看著牠非常可愛的樣子，拉拉伸出手，開始幫助牠梳理一番。蛋塔可愛地歪著頭，開始慢慢閉上眼睛。

「我們需要妳。」

拉拉從指尖上感受到蛋塔的心聲，稍微往後退了一步。

「沒關係，再聽牠多說點什麼吧。」

逗樂用平靜的語氣勸說，魔女仍然憤怒地撇過頭。拉拉則暫時把目光從魔女和逗樂身上轉向蛋塔。

「我們也是，我們也需要妳。」

「我很喜歡妳的味道。」

「我想舔妳一下。」

拉拉用驚訝的表情一一觀察發聲的咚咚。

魔女慢慢走近拉拉，低聲說道。

「都覺醒了，現在沒辦法了。」

「覺醒嗎？」

「是的，我只能感覺到咚咚們的光芒和氣韻，沒有辦法像妳一樣看到牠們真正的模樣，也摸不到牠們，聽不到牠們的心聲。但是現在，妳全都能做到，也應該有能力按照牠們的意思去幫助牠們。」

「那我現在該怎麼辦？」

「妳應該自己做出決定。」

就在此時，傳來了門把轉動的聲音。拉拉和魔女停止交談，轉過頭來看誰進來了。三名女人滿臉悲傷地走進商店。

嗶嗶嗶嗶嗶！就在那一瞬間，拉拉迅速摀住了耳朵，因為她聽到的聲音大到如同吹著房子般巨大的哨子。驚人哭聲的來源就是杏仁蛋塔。客人們一進門，牠就發出吵雜的高音，使店內響起一片喧譁聲以吸引客人們的注意。拉拉皺著眉頭痛苦地低聲制止蛋塔。但是蛋塔卻忙得不可開交，只顧著吸引顧客們的注意。雖然拉拉不斷勸說，但是蛋塔反而更固執地抬起頭，開始用力拍動翅膀。

「夠了，拜託，即使這樣，她們也不會馬上找到你。」

嗶哩嗶哩嗶哩嗶哩嗶哩嗶哩！蛋塔改變了策略，發出不同的叫聲，但是遺憾的是，陷入悲痛的客人們似乎仍然沒能發現蛋塔。她們互相擦拭著眼淚，心不在焉地看著麵包們，似乎也不懂自己為何會來這家麵包店。

「客人們，請到這邊來……」

「不好意思，可以不要打擾我們嗎？我們正在經歷一件很傷心的事。」

「啊……可是，這邊……」

「姐姐，妳隨便挑一個麵包吧，是因為妳突然說想吃麵包，我們才來這裡的。說真的，妳還有吃麵包的心情，讓我有點驚訝……」

「我也不知道自己為什麼會這樣想。現在要走了嗎？可是妳和媽媽也該吃點東西吧？妳們這幾天因為沒胃口，要吃不吃的，至少隨便挑點什麼回去吧。」

她們拿起托盤和夾子，因為不知道自己想要的麵包是什麼，所以開始隨便夾了一些麵包，拉拉來不及勸阻。這時又響起了吵雜的哨子聲，拉拉迅速轉過頭去確認蛋塔的狀態。天啊！蛋塔的身體開始慢慢升到空中！拉拉嚇得魂飛魄散地撲向牠，接著一把抓住幾乎已經飛到胸前高度的蛋塔，走到客人面前。

「這是我們麵包店的招牌麵包。」

閉上眼睛，伸出雙手，拉拉用幾乎大叫的聲音說出這句話，所有人都呆呆地看著她。

「哦，好，不……喔，是招牌嗎？這、這、這味道……」

「我的天啊……」

「這是真的嗎？」

「媽媽，這是杏仁蛋塔嗎？是我們陽光最喜歡的杏仁，但是怎麼長得這麼像我們的陽光？」

「姐姐，這太不可思議了！這是什麼麵包……啊，為什麼我會突然流眼淚？就像看到我們的陽光一樣？」

最年長的女人從拉拉手裡接過陽光，小心翼翼地撫摸著。陽光終於投入思念之人的懷抱，撒嬌地依偎在女人手裡。拉拉在她們沉迷於杏仁蛋塔時，悄悄把裝滿麵包的盤子移到了別的地方。

「我們好像只要這個麵包就可以了。」

她們已經忘了剛才挑選的其他麵包，滿腦子都只有杏仁蛋塔，看起來非常著急。魔女拿了她們支付的服務費，並說明注意事項。她請她們一定要在今天之前分著吃麵包，並睡個好覺。如果夢中出現陽光，務必要滿足牠的心願。如有問題，請撥打這張名片上的電話號碼。同時，魔女拿出了與自己的名字相匹配的紙張，那是張有著紫色字體的硬邦邦黑色名片。客人們剛進店時有些疑惑的表情消失了。拉拉因為噪音的平息而鬆了一口氣。

「太厲害了！」

「我的媽呀，嚇我一跳！」

逗樂突然從拉拉身後冒出。

「你怎麼能突然出現，嚇死我了！」

「嘻嘻，對不起，因為這實在太了不起了，所以我忍不住稱讚。我先告訴妳，剛才被客人帶走的咚咚是因為意外去世的。牠從一扇開著的窗戶飛走，結果頭撞到別人家的窗戶。牠可能是因為第一次聽到外面的聲音，太過慌張才會這樣。」

「原來如此……」

「所以牠的家人才會如此悲傷，因為她們認為這是她們的疏失。」

拉拉似乎能理解她們的心情。那是如此寶貝的孩子，更何況是在一瞬間的意外中失去，她們的失落感是難以用言語來形容的，就好像自己的媽媽去世時一樣。

「妳有聽到陽光的心願嗎？」

拉拉搖了搖頭，沒有特別想起什麼。

「看來目前還是太勉強了。不管怎麼說，妳都做得非常好，謝謝。」

逗樂用頭碰了一下拉拉的手背。雖然很硬，但是觸感很柔軟。拉拉撫摸著牠的額頭，感到很溫暖。

「現在如何？這工作，妳做不做？」

魔女雙手交叉盤胸向拉拉問道。拉拉小心翼翼地點了點頭，魔女看到拉拉點頭後，彈了彈手指，將合約重新放在桌上，請拉拉坐在椅子上。

「合約很簡單，妳先說一個妳的心願，任何希望實現的事都可以。」

「正常的學校生活。」

一直轉動著的筆在魔女的手上停了下來，魔女隨即聳了聳肩，大嘆一口氣。

「為什麼許這樣的願望？」

「因為我本來就不太正常，其他孩子認為平凡而享有的一切我都得不到。我貧窮又沒有父母……而且從今天開始，因為要在麵包店工作，我的生活可能又要更不正常了。所以如果可以的話，我希望在學校過得平凡一點。妳剛才說我的鞋子該換了對吧？因為妳說會支付合理的打工費，我覺得至少我的外表也許可以變正常，所以我才許這個願望。」

「好吧，聽起來是個不錯的願望。」

拉拉輕輕點了點頭，魔女在寫著「合約」的紙上用紅筆寫下拉拉的心願，接著把紙遞給拉拉，雖然以正式合約來說，這份合約看起來相當粗糙，但是因為這是拉拉第一份工作合約，所以她認真且端正地簽下了名字。

「請務必將這個放在妳的包包裡。」

「我的包包嗎？」

「對，不要總是反問，我現在累壞了，實在懶得說話。」

「啊……好的。」

面對魔女毫無熱情的態度，拉拉只好閉嘴，乖乖拿起合約書，在那一瞬間，合約書上隱約散發出光芒，最上面的角落開始震動。拉拉趕緊收手，心想這又是什麼。就在那時，魔女對合約書吐了口氣。於是，合約書開始自行試著站立。不久後，合約書完全站了起來，拉拉瞪大了眼睛。有點搖晃的合約書開始慢慢地在桌子上行走，下端伸出的兩隻腳一步一步邁出的樣子既可笑又奇怪。

拉拉想：「如果今天自己看到的東西是夢，那還更現實一點。」她帶著尷尬的表情笑看著搖搖晃晃的合約書。魔女默默看著，沒有說話。現在合約書已經完全適應走路，並站穩了，所以開始轉動上端，似乎正在尋找什麼，接著它轉過身，朝拉拉的方向走。拉拉嚇壞了，差點大叫。合約書搖動著寫著「合約」的部分，向拉拉點了點頭。

「它應該發現妳就是簽約者。」

原本靜靜待在一旁的魔女說道。

「那我現在該怎麼辦……」

「我剛剛不是說了嗎？要妳打開包包。」

「啊！」

合約書大力點點頭，似乎在等著。拉拉趕緊打開包包，合約書伸伸懶腰，跳著跳著，將身體抬高，並把上半部往後推，進行助跑，接著直接往前撲。紙張飛快飛上天空，並捲了起來，轉眼間沿著拋物線，嗖的一下掉進包包裡。著陸成功。看到這模樣的拉拉和咚咚們大聲讚嘆並歡呼起來。

「那明天開始上班？」

魔女看著拉拉高興的臉向拉拉確認上班時間。拉拉笑著點了點頭。

魔女終於完成所有的工作，所以開始整理餐具，她阻止了從座位上站起來想幫忙的拉拉，並將桌上散落的東西放進托盤裡，走動時，托盤中的杯子、叉子和盤子都因為碰撞而發出哐哐聲，她輕輕踩在地板上的文靜腳步聲、古老螺旋樓梯模糊而美麗的輪廓，搭配一到冬天就會點燃的暖爐，給人一種舒適的感覺。

「明天開始，我就會在這裡工作。」

拉拉開始收拾包包，她拉上拉鍊後，合約書沙沙作響了一會兒就安靜下來。

「我現在要走了。」

「等一下。」

廚房裡的魔女一邊用圍裙擦手，一邊急急忙忙走過來，接著張開手掌吐了口氣，往拉拉丟過去。這口氣很快變成了一陣小風，裹住了拉拉的身體。溫暖柔和的暖風將拉拉的身體和衣服烘得乾乾淨淨，還散發出令人愉悅的香氣。

「哇！」

「有什麼好驚訝的，這個也拿走吧。」

魔女拿出一個又黑又細的東西，咚地放在拉拉手掌上，接著輕輕彈了一下手指，散發隱隱光澤的高級扇子出現在拉拉眼前。拉拉發出一聲讚嘆，魔女遞給她的扇子上繡著金線和銀線，中間還繡有紅花和藍蝴蝶。拉拉驚奇地看著扇子，差點掉在地板上。

「小心點，不要鬆手。」

魔女要拉拉緊握手上的扇子，看著刺繡蝴蝶自由穿梭在扇骨之間看到出神的拉拉這才回神，趕緊點了點頭。

「這扇子的個性與溫和的長相不同，脾氣挺壞的。如果不小心弄掉了，它會鬧脾氣好一陣子，完全不理妳。這些蝴蝶是做扇子的人特別為我繡的，所以認得我這個主人，就像妳的合約一樣。」

「但是這個貴重的東西為什麼會給我？」

「暫時借給妳，出門後走三步將扇子摺起來，只要像平常一樣走路，就會比想像中更快到家。」

「會快多少？」

「嗯，快到連眉毛都飄起來的程度？」

「哇，太厲害了，哈哈。」

「好了，快走吧。」

「喔喔！」

魔女開門送行時，扇子不知為何顯得更加僵硬。因為手中的扇子會自行移動，拉拉感到非常驚慌，但是魔女卻說：「扇子正在準備運動，不要太害怕。」並迅速送拉拉到外面。拉拉凍得僵硬，尷尬地和魔女說再見。魔女看到後淘氣地笑了起來。拉拉抬頭看了一眼雨停了的天空，小心翼翼地邁開腳步。一、二、三！在最後一步迅速收起扇子。

瞬間地面開始變形彎曲。拉拉嚇得屏住呼吸回頭看了看，魔女正在向她發出趕快動身的訊號。再次轉身的拉拉望著扭曲交疊的地面吞了吞口水，如同一把按得緊緊的手風琴。就在那時，她從扇子上感受到一股強勁的氣息，並且感覺到自己該行動了。調整好呼吸後，拉拉將一隻腳放在扭曲的地面上。就在那瞬間，她的雙腿以意想不到的速度開始奔跑，害怕的拉拉開始尖叫。過了一會兒，她的嘴裡發出的不是尖叫聲，而是歡呼聲。

學會調整步伐並享受速度的拉拉在極短的時間內遠離了麵包店，她消失得無影無蹤後，魔女身邊颳起了一陣涼風，接著風將屋頂特別尖的麵包店門砰一聲關緊。

3

草莓
奶油
鯛魚燒

「妳來這裡工作已經一個半月了。」逗樂一邊介紹新來的咚咚們，一邊對拉拉說道。

「沒想到時間過得那麼快。」拉拉向最後一個進來的寶貝打完招呼後回答逗樂。

這期間發生了很多變化。拉拉不知不覺間可以像普通的孩子一樣買衣服，並擁有智慧型手機，外表也不再有讓人側目的地方。雖然拉拉現在依然沒有能稱得上是朋友的人，但是對她來說並不是太大的問題。因為拉拉有了麵包店這個溫馨的社群，她幾乎每天都去麵包店上班。上班的第一件事是把地板擦乾淨，接著一一問候咚咚們。如果有散亂的麵包，拉拉會將麵包放回原位，並且陳列整齊。偶爾協助魔女烤麵包的日子，她也能享受先得到最好吃麵包的樂趣。

「看來新來的咚咚們很滿意妳初次的問候。」

新來的咚咚們似乎已經對拉拉敞開心扉，開始蹦蹦跳跳。牠們像來郊遊的孩子般，個個興奮得各抒己見。拉拉輕輕把手放在牠們那光澤透亮的靈魂上，並笑了笑。
「好棒！妳的手真溫暖。」
「聞聞，是手。但是我下次想聞聞屁屁的味道。」
「我已經舔完手掌了。」
「謝謝大家的歡迎，我們好好相處一週吧。」
拉拉回答後，所有咚咚們都停止了動作。接著大家的反應都一樣。
「天啊！人類使用我們的語言！」
不知從何時起，拉拉可以毫無困難地和咚咚們自由對話。之所以能如此，是由各種因素造成的。有可能是因為魔女以教導基礎法術為由指導拉拉冥想的方法，或者與逗樂針對不同屬性靈魂講解精準溝通方法有關。
就在此時，撲嚕嚕嚕嚕嚕，魚寶寶飛到空中，開始四處探索麵包店。
「為什麼總是這樣？」
與此同時，遠處傳來小聲的嘟囔，這是魔女的聲音。拉拉發現她今天不知為何準備得特別慢，所以急忙走向廚房，魚寶寶則緊跟在後。

「不行，寶貝！老闆不喜歡咚咚進廚房。」

「為什麼？我也很好奇，我會被做成什麼樣子。」

「就算是這樣也不能進來。」

拉拉堅定地拒絕，但是魚寶寶耍賴著請拉拉讓牠看一眼。拉拉依然搖搖頭，魚寶寶滿臉怒氣地飛向遠方。拉拉嘆了口氣，走進廚房，廚房裡相當亂。麵團桶有四個已經滿出來了，熱氣未消的烤盤四處散落在架子上，冒著蒸氣。

「妳到底烤了多少麵包？」

拉拉嚇了一跳，魔女擦著額頭上的汗回頭看著拉拉，似乎已經筋疲力盡。

「這……我也不知道。」

「我可以問發生了什麼事嗎？」

拉拉小心翼翼地走近魔女，她周圍散發出一股焦香。拉拉的視線越過魔女的肩膀，稍微斜著臉看著烤出來的麵包。

「老闆，這個應該……不是魚寶寶吧？」

「……」

哎呀，看來是魚寶寶。拉拉平靜且迅速地走出廚房，彷彿沒看到什麼不該看的東西。

好奇難耐的魚寶寶走近拉拉，忍不住詢問。

「怎麼樣？我的模樣如何？」

「喔……嗯，很好啊。」

「真的嗎？漂亮嗎？是什麼樣子？現在真的不能給我看嗎？」

拉拉被魚寶寶不斷的提問攻勢弄得直冒冷汗。魚寶寶用充滿期待的眼神看著拉拉的臉。

「寶貝，那個不重要。我現在有事要辦，你跟我來。」

拉拉勉強生出理由，將魚寶寶盡可能帶到離廚房較遠的地方，並向逗樂使眼色，要牠趕緊去廚房看看。

魔女今天已經竭盡全力。她連續兩小時都在熾熱的烤箱前努力，她不是在烤吐司、酥餅或紅豆麵包這種一般的麵包，而是不斷嘗試要把尾巴不斷烤裂開的鯛魚燒變成正常漂亮的鯛魚燒。雖然魚尾部分不斷裂開，但是鯛魚燒本身其實已經飽滿脆黃，並且散發著清新香甜的草莓香。

「妳要辦的事是什麼？妳不會是怕我進廚房所以才找我來吧？」

魚寶寶游到拉拉的鼻子前問道。

「不，我真的有事需要你一起來做。」

撲嚕嚕嚕嚕嚕，魚寶寶在拉拉面前左右游動，眼神充滿懷疑。

「我們必須了解你和你主人的資訊，並且寫在這裡。」

拉拉拿出放在桌子一側厚得有如百科全書般的日記，不著邊際地說。

「要從什麼開始說？從出生開始？還是從我最喜歡的事情開始？」

「喔喔……不，不用說也可以，我來用看的。」

「什麼？」

「你擁有的回憶那麼多，只有用看的我才能毫不遺漏地全部掌握。」

「這有可能嗎？該怎麼做？」

「說來話長，但簡單來說，只要是你下定決心要給我看記憶，並且穿過我身體的任何地方，那麼我就能像你一樣看到那些記憶。」

「好啊，來試試看吧。」

魚寶寶似乎覺得這個方法很簡單，兩邊的魚鰭自在地漂動著。拉拉覺得那樣的牠好可愛，溫柔地笑了。

「現在開始嘍。」

原本在空中漂動魚鰭的魚寶寶突然向後退，然後迅速穿過拉拉的右手。在那一瞬間，拉拉似乎失去了所有的感覺，精神恍惚。接著她感覺到身體似乎流淌著東西，輕飄飄的。那是不熟悉的他人生活進入身體的感覺。他人的記憶就像相機膠卷散開一樣，粗糙而快速地傳進來，拉拉感覺心臟快要爆炸了。下一刻，她就像魚一般用力搖著尾鰭，避免自己沉到地面，在她身體浮起來時，聽到有人發出讚嘆聲，她的視野中出現綁著雙馬尾，穿著紅色T恤和吊帶褲的可愛女孩。女孩舉起手指朝拉拉的方向走去，不知不覺間拉拉開始跟著女孩的手指游動。

「媽媽、爸爸、姐姐，你們看，這隻魚寶寶一直跟著我！」

家人們全都聚集過來，進入魚寶寶體內的拉拉為了跟上女孩興奮移動的手指，忙得不可開交。隨著血液在全身快速循環，拉拉也開始變得興奮且心跳加速。

「哦，是嗎？這隻魚是我們靜瑞最喜歡的紅色。」

「好漂亮啊，靜瑞。」

「牠現在要成為我們的家人了嗎？」

拉拉看到最後出現的高個子女孩嚇了一跳。居然在這裡看見同班同學！驚慌失措的拉拉思緒頓時停了下來。這時，眼前出現一個大撈網。拉拉突然被撈起來，所以失了神。滿臉鬍鬚的大叔用粗糙的手拿出透明的塑膠袋，毫不猶豫地把掙扎的拉拉撈到裡面。不久，靜瑞一家走出店門上了車。迅速坐上副駕駛座的靜瑞開始興奮地不停說話。

「剛才老闆大叔說牠是叫做五彩魚的熱帶魚。」

「牠的尾巴長得真像玫瑰花。」

「我們靜瑞之前每天都在說貓啊狗的，現在居然被這傢伙迷住了？」

坐在後座的爸爸也露出欣慰的表情說道。靜瑞害羞地點了點頭。

「靜瑞，妳要幫牠取什麼名字？妳想好了嗎？」

「想好了，牠現在開始就是韓寶貝了。」

在有了名字的這一瞬間，拉拉直接感受到魚寶寶內心的激動。小心臟怦怦怦劇烈跳動，血液快速循環，原本緊閉的嘴朝靜瑞的方向不停地張嘴。

「看看牠，看來魚寶寶也很喜歡這個名字。」

撲嚕嚕嚕，聽到家人們高興的聲音，魚寶寶內心又是一陣激動。坐在駕駛座上的靜瑞媽媽、坐在後座的爸爸和姐姐，以及坐在副駕駛座上乖乖抱著塑膠袋的靜瑞都投來充滿愛的目光。

「這個初次見面真是溫馨啊。」

拉拉正沉醉在這種情緒時，眼前突然一陣黑。

「寶貝！寶貝！」

拉拉被靜瑞急促的聲音吵醒，她馬上從蓮花形狀的水床上游下來，聽到門外有尖銳的喊叫聲，還聽到鎖著的門把轉動的聲音。

「寶貝，對不起，吵到你了。媽媽又生氣了，我只是想幫忙而已。」

拉拉停在原地，只是尾巴輕輕漂動，靜瑞哽咽著開口說話。

「媽媽說今天休假，要幫我做餃子。但是她先去打電話，所以我進房間想要幫忙拿麵粉，結果把麵粉都撒出來了……」

說完後，靜瑞為了擦掉撒出來的麵粉拿起抹布，後來覺得還是用吸塵器更好。她開心地打開吸塵器後，發現集塵盒太滿了，在她試著打開集塵盒時……

「灰塵和麵粉一起爆炸了。」

拉拉緊貼著魚缸玻璃，在被嚇壞的靜瑞面前原地打轉。靜瑞開始不斷發牢騷，父母從幾年前就開始忙於工作，姐姐藝瑟也為了準備考藝術高中，每天都很晚回家。

「只有我一個人在家，他們以為只要買漂亮的書包給我就沒關係，但是那算什麼？最近在學校也有同學嘲笑我總是情緒不穩定，我只是想快點和他們變親近，但是他們卻說不喜歡，而且很有負擔。」

靜瑞太孤獨且粗野了。

「靜瑞應該很難過吧。」

魚寶寶的動作開始變大，這是玩手指遊戲的訊號。靜瑞擦去臉頰上的淚水，舉起手指，把指尖放在魚缸玻璃上開始畫畫。圓圈、星星、花、媽媽、爸爸、姐姐，還有魚寶貝。不久後，靜瑞像往常一樣開心地笑了。拉拉聽著魚寶寶的小心臟快速跳動的聲音，發現牠的心臟越跳越快。魚寶寶是靜瑞的唯一依靠，也是摯友，但是現在牠不在她身邊了，對此感到惋惜的拉拉再次失去知覺。

「為什麼會這麼喘不過氣來呢？」

新的記憶進入後，拉拉本能地張開魚鰓，但是卻沒有絲毫吸到氣的感覺，反而因為堵得很厲害，甚至有些暈眩。

「是水的味道有點奇怪嗎？不，是氧氣太不足了。」

拉拉把嘴巴張大，不斷地進水，儘管如此，她依然覺得氧氣不足。

魚寶寶開始用力地掙扎，這是無論如何都要活下去的掙扎。拉拉感受到魚寶寶的不舒服，她使出渾身解數努力游到浮在水面上的水床，但是越靠近，就越是精神恍惚，並且感覺不斷被吸進某個地方。

「這樣下去不行。」

拉拉可以強烈感覺到現在正是魚寶寶將要死亡的時刻，害怕頓時襲來。儘管拉拉是間接經歷他人的事，但是完整迎接死亡的經驗對她來說是非常陌生的。在那一刻，拉拉仍然努力尋找更多線索。漆黑的房間裡，在鋪有美麗寢具的床上有本素描本，下面散放著各色鉛筆，旁邊的書桌上有個漂亮的紅色新書包，然後是……某人非常著急的手！拉拉又再次昏了過去。

「快醒來啊，寶貝！你不能死……」

拉拉聽到了某人的哭聲。讓拉拉暫時恢復意識的聲音就是靜瑞的聲音，昏過去前最後看到的手似乎也是靜瑞的手。也許是換水了，所以拉拉的呼吸好多了，但是身體同樣沒有力氣。

「你不會丟下我離開吧？沒有你，我……」

靜瑞的聲音斷斷續續的，這是因為魚寶寶的精神總是恍恍惚惚的緣故。到了某個瞬間，拉拉有種身體和靈魂完全分離的漂浮感。現在是真的結束了。

「啊！」拉拉發出不知是短暫的尖叫還是感嘆，並醒了過來。為了盡快回到現實，拉拉甩了甩頭。

「妳沒事吧？」

一旁的逗樂溫柔地問道。不知何時，魔女也來到了她的身邊。

「你們在這裡多久了？」

「十分鐘左右？不過已經比以前快多了。」

「啊，真是萬幸，每次做這件事都感覺很累。」拉拉若無其事地笑說，魔女撫摸了她的頭。

「這也是情有可原的，因為讀別人的記憶不是一件容易的事。來，魔女為妳準備了這個，趕緊喝了打起精神來。」

同時，逗樂表示不喜歡酸味，用前腳拍了拍凝結著水珠的玻璃杯。

拉拉笑著學牠，接著抓住吸管痛快地吸了一口檸檬水。

「啊，好像活過來了。魚寶寶呢？」

「是啊，牠跑哪去了？剛才還在這裡呢。」

拉拉開始東張西望，逗樂也從座位上站起來尋找。這時，魔女悄悄抬起手指，指著茶几下方。

「什麼？」

噓，魔女迅速將手指貼在嘴唇上，接著張大嘴巴無聲地說她在這下面感受到一股氣息。拉拉和逗樂對視，點了點頭，兩人都領悟到魔女為什麼會這樣說。

「魚寶寶應該還在麵包店的某個地方吧。」

拉拉故意開玩笑地說，接著開始逐一伸出手指，數一、二……大家都在留心觀察這一舉動，並點頭表示同意。三！拉拉迅速俯身查看茶几下方。

「別看了！」

撲嚕嚕嚕嚕，沒料想到拉拉會突襲的魚寶寶開始尖叫逃跑。

「喔喔，寶貝，那裡不行！」

拉拉還沒來得及阻止魚寶寶，她就鑽進了魔女的廚房裡。拉拉追趕著魚寶寶，急急忙忙進了廚房，看到生氣的魚寶寶正漂浮在空中。

「那個……寶貝。」

魚寶寶靜靜地看著一塊正在烤箱上冷卻的鯛魚燒，牠猛然抬起頭看向拉拉，圓圓的眼睛變得稜角分明。

「這是我要進去的麵包嗎？」

「嗯……」

「這麼破的尾鰭，這麼不起眼的模樣，難道是我該進去的地方嗎？」瞅著鯛魚燒的魚寶貝哭了起來。

「別擔心，我們會重做，這個只是……」

「妳們做的到底是什麼呀！是因為我的尾鰭真的消失了才會這樣嗎？」

「什麼意思？你的尾鰭不見了嗎？」

魚寶寶轉身向拉拉露出尾鰭，拉拉不知不覺用雙手摀住了嘴巴。魚寶寶的尾鰭多處出現破洞，上端也明顯褪色。看著拉拉的反應，魚寶寶的嘴和鰓不停開闔著，最終還是忍不住大哭起來。拉拉告訴自己要冷靜下來，她想立刻將魚寶寶帶出廚房，但是魚寶寶完全不想移動，所以拉拉決定直接把烤盤拿出去或許更恰當。魚寶寶美麗的尾鰭依然像漂亮的花瓣一樣搖擺著，但是每搖動一次，尾鰭就會如同乾涸的花瓣般破碎飄落。拉拉惋惜地看著，聽著魚寶寶的哭聲。

「寶貝，你現在好點了嗎？」

「不，不管怎麼說，靜瑞好像還在帶著我，確切地說，是帶著我死去的身體……」

「那又是什麼意思？」

拉拉趕緊彎下身靠近寶貝，將牠放在手上。

「我的意思是，妳看到的最後記憶並不是我死亡的結局，我後來又睜開了兩次眼睛，每次都會與靜瑞對視。」

拉拉的眼裡滿是困惑。

「每次清醒時，我都在一個陌生的地方，雖然我想不太起來，但是如果妳願意的話，我可以再給妳看一下。」

魚寶寶將身體往上抬，準備再次通過拉拉的手。

「好啊，雖然我也不太可能知道那是哪裡？」

拉拉還沒來得及說完就進入了黑暗，她看到綠樹成蔭的窗外有許多招牌，全部都是補習班的名字，透過開著的窗戶傳來的各種噪音震得耳朵嗡嗡響。拉拉接著看到了白色方形的磁磚牆，還聽到靜瑞懇切地吶喊著：

「寶貝，活過來！活過來，寶貝！」看到這些的拉拉馬上回到現實。

「我知道你最後記憶中的地點是哪裡了！那是靜瑞補習班的廁所。你的尾鰭會弄成這樣，應該跟靜瑞帶你去補習班有關吧？」

魚寶寶面帶疲憊地點了點頭，在尾巴裂開的鯛魚燒上漂浮著。

「唉，原來是亡者的肉身一直都不舒服啊。」

「那又是什麼意思啊，逗樂？」

「說到死亡，我們都只想知道靈魂會是如何，但是最重要的是，在這之前，亡者是如何安眠，以及肉身的狀態是否舒服。魚寶寶並沒有經過死亡的正式程序，只是腐爛而已。不論是誰，死後一定要留出告別寶貴緣分的時間，整理好生前發生的事。那不只是死者需要的事，對於那些曾經和他們在一起的人來說，這也是必要的。然而，魚寶寶沒有經過那個過程，靈魂就到這裡來了。也就是說，牠的身體和靈魂至今還連接在一起的可能性很大。」

「你的意思是如果魚寶寶的身體消失，靈魂也會一起消失嗎？這表示靜瑞不該再帶著魚寶寶的身體嗎？」

大家都看著拉拉點點頭，就連因為害怕貓咪逗樂，悄悄鑽進鯛魚燒裡，只稍微露出眼睛的魚寶寶也表示同意。

「我現在想和靜瑞和其他家人做最後的道別，並且找回尾鰭，好好安眠。反正我已經死了，除了睡覺也做不了什麼。」

「是啊，其實離開的人心願都是如此，放下生前所有的愛恨，這才是最重要的事。」逗樂邊環顧周圍的麵包們邊說。

「是的，這是我最後的願望，我希望靜瑞不要再帶著我了。」

「該怎麼做好呢？如果那是你最後的願望，那麼做得特別一點也不錯。」

「特別一點？那我想和靜瑞還有其他家人一起在有漂亮荷花的溫暖水池裡遊玩。我媽媽的媽媽的媽媽小時候住在那種美麗的地方。我想把荷葉當床，在家人的注視下慢慢閉上眼睛。」

「不錯啊，那就這麼做吧。」

聽到拉拉的話之後，魚寶寶搖動尾鰭迅速靠近，畫出心形。拉拉像靜瑞一樣伸出手指，開始在空中畫出心形、三角形、四方形和圓圈等形狀。魚寶寶和拉拉一起畫了好一會兒，牠心情好多了，就鑽進麵包裡。不久後，拉拉、魔女和逗樂開始討論魚寶寶的問題。

「我也是第一次執行特別任務，所以不知道該先做什麼，更何況魚寶寶的主人還是個孩子，所以應該會更難。」

逗樂縮攏前腳，捲成麵包一般。魔女則悄悄蓋住魚寶寶，避免牠聽見。

「這個任務有點急，雖然我看不清麵包真正的模樣，但是感覺這孩子沒什麼朝氣了，特別是亮度，在一天之內就變得那麼暗並不常見，再這樣下去，真不知會出什麼事。」

「真的好難啊，比想像中難上許多。」

拉拉嘆了口氣，大家都同意似的，默默點了點頭。

「但凡事總有辦法的。」

拉拉不知在想什麼，笑看著魔女和逗樂。逗樂從座位上站起，拉直了身體。魔女也用好奇得要死的眼神催促拉拉。

「我們一起做生意如何？」

賣草莓奶油鯛魚燒！

將粉紅色的布條掛在卡車上後，補習街的孩子們視線都聚集到這裡。

「那是什麼？」

「草莓奶油鯛魚燒？那會好吃嗎？」

「要買看看嗎？」

拉拉和魔女看著慢慢靠近的孩子們，迅速翻開鯛魚燒烤盤。在燒熱的烤盤上，麵團散發出的甜蜜香氣撲鼻而來。

「請給我一個鯛魚燒。」

「來，給你。」

「多少錢？」

「今天是開張第一天，先到先拿，免費。」

「免費嗎？」

「是啊，請多幫我們宣傳吧。尤其是揹著紅色書包的孩子，我會再多給他們一個。」

「為什麼要多給揹紅色書包的學生一個鯛魚燒？」

拉拉與魔女對視了一會兒。「因為我喜歡紅色，所以我連鯛魚燒的內餡都是草莓奶油。」

「我也有紅色袋子的說，早知道今天就帶出來了。」

「是啊，太可惜了。」

孩子們紛紛靠過來，你一言我一語的，沒多久卡車前就人山人海，熱鬧非凡。

「也給我一個吧。」

「我也要。」

「啊，你們要排隊，排隊！」

孩子們和拉拉的聲音混雜在一起，非常熱鬧，也有大人想買鯛魚燒，但是魔女用幻術把他們全都送走了。理由是，如果連大人們都加入其中，會很麻煩的。在此期間，孩子們幾次像潮水一樣湧來，直到開始上課後才安靜下來。魔女得以在沒客人的時候將奶油重新填入破裂的尾巴部分，與魚寶寶的問題搏鬥。酥脆的外皮上本來應該流淌清爽的甜奶油，但是炎熱的夏季高溫使外皮變得越來越濕軟。魔女叫喚在烈日下持續尋找靜瑞的拉拉。

「魚寶寶的狀態不太好……今天就先撤退吧？」

「看來是先撤退比較好。」

魔女摘下戴著的口罩，坐上卡車的駕駛座。拉拉也跟著坐上副駕駛座。就在拉拉要關上副駕駛座車門的瞬間，有個東西出現在拉拉的視線裡。在後照鏡上，拉拉看到了鮮紅色的物體。

「老闆，我看到了紅色的書包！」

從卡車上跑下來的拉拉大聲喊道：「喂，等一下。」

低著頭走路的孩子因為聽到叫聲慢慢轉過身來，她看著朝自己走來的人，露出了茫然的表情。拉拉氣喘吁吁地停下腳步。

「妳好？」

「妳是誰？」

「啊，我是賣鯛魚燒的。」

拉拉用手指著後面，靜瑞則將視線移到拉拉身後，仔細觀察卡車。

「妳有聽到我們今天免費送鯛魚燒嗎？」

「沒有，我沒有朋友，所以沒聽到這個消息。」

「啊，是嗎？那妳要不要吃一個看看？」

「現在嗎？」

「是啊，正好只剩下一個了，希望妳一定要嘗嘗看。」

靜瑞轉動著圓圓的眼睛，使勁地點了點頭。成功了！拉拉掩飾不住內心的喜悅，露出了燦爛的笑容。她和靜瑞一起走向卡車，看著這一切的魔女趕緊把鯛魚燒包在紙上遞給靜瑞，為了不讓奶油露出來，她以將尾巴朝上的方式放入，靜瑞可能正好餓了，沒有太在意破裂的部分，而是猛地咬住尾巴的部分。清爽的草莓香和柔和的奶油香撲鼻而來，接觸到外皮的牙齒和舌頭則感受到酥脆的口感。在那一瞬間，魚寶寶的靈魂從鯛魚燒中跑出，隨著靜瑞的呼吸流入，停留了一段時間，再從頭上游出來。

「哇，真好吃！」

靜瑞把鯛魚燒吃光，露出讓人也想來一塊的著迷表情。

「到底是什麼意思？什麼叫任務失敗？」

第二天下午，聽到從黃泉回來的逗樂所說的話，拉拉停下手邊的工作，立即湊上前去。

「我在黃泉再怎麼等，魚寶寶也沒有出現。」

「但是那天你也看到了，魚寶寶從靜瑞的頭頂游出。因此那天晚上靜瑞一定有作夢。」

「所以我更不理解為什麼魚寶寶沒來黃泉呢？」

逗樂說的話真讓人無法理解，拉拉也雙手交叉盤胸，托著下巴沉思。

「我們得想想是從哪裡開始出現漏洞的。」逗樂嚴肅地說道。

「我們逐一分析一下。首先，客人們必須在三天內找到並帶走來麵包店的咚咚。這是我們之前看到的一般情況，但是過了期限，我們一定要找到主人，並送上麵包。」

「是啊，一旦過了三天，咚咚們就會明顯不安。」

「再加上咚咚們的精力會迅速衰弱，所以更不容易進入主人的夢境中。」

正在陳列麵包的魔女補充說道。拉拉表示同意後，接著說道：「魚寶寶則是來的第一天就出現變數。」

「是的，因為從第一天開始，牠靈魂的某部分就開始消失。」

逗樂也許是覺得頭疼，尾巴軟趴趴地拍了一下。這時，拉拉走到魔女身邊聽到咚咚們的竊竊私語。大家都爭著要為這情況發表意見。

「我們之中沒有人是沒尾巴和腿，或是耳朵消失的。」

「沒錯，牠的尾巴不見了，只剩一半孤零零地晃來晃去。」

「這是個祕密，聽說牠來到麵包店前，連主人都沒來得及說再見，是不是因為這樣，所以連黃泉都沒去成呢？」

「天啊，真可憐！我第一次聽到這種情況。」

「但是……牠現在怎麼樣了？」

「之前黑蝴蝶結貓不是說了嗎？如果身體就這樣腐爛，靈魂也會一起消失。」

「太可怕！不要在我面前說那種可怕的話。」

柴犬咚咚躲進了看起來比普通牛角麵包大三倍以上的麵包。拉拉在牠們中間走來走去，反覆嘀咕著靜瑞吃了麵包，魚寶寶的確跟著靜瑞走了之類的話。聽到這些的魔女突然說了一句話。

「會不會是我們錯過了某些前提？」

「什麼？前提嗎？」

「是的，願望的前提，我們可能在魚寶寶許的願望中漏了什麼。」

「我們不可能遺漏什麼……嗯？等一下。」

我為什麼漏掉了那個部分？拉拉突然笑起來，一想到纏繞的結被解開，就產生了極度的興奮感，像是心臟把所有血都吸乾般興奮。拉拉動了動興奮得發麻的手指，坐在桌子前，開始重新梳理情況。

「我知道了！我們錯過的就是其他家人。當初魚寶寶許願時說想和所有家人們在一起，但是我們送麵包的對象只有年紀最小的靜瑞一個人，問題就是出在這裡。」

「原來如此。」

「而且，如果靜瑞到現在都沒有告訴家人魚寶寶死亡，也就是說其他家人都不知道魚寶寶死掉了。」

「這是有可能的，對小孩子來說，一個人面臨重要之人的死亡，或是完成他人最後的心願都是很難的。我們沒做好的就是這個。」

逗樂帶著變僵硬的鬍鬚說道。魔女翹起秀麗的眉尖，露出一副做得好的表情。

「終於知道問題出在哪裡了……」

魔女拿著空盤子走了過來，拉拉笑著回答魔女的話。

「我們要好好再試一次。」

拉拉之前遞寫有「魔女麵包店」的名片給靜瑞時，告訴靜瑞吃完麵包後會作非常美好的夢。吃下麵包的靜瑞果然作了和魚寶寶愉快地在荷花之間遊玩的夢，因此忍不住用名片上的電話聯絡了麵包店。

「在這裡，不論妳說什麼，我都會相信。我也有很多話想跟妳說，而且我才十五歲，妳可以輕鬆地和我聊天。」

拉拉親切地對待靜瑞，靜瑞聽了拉拉的話後，呼地放鬆緊繃的肩膀。

「那我可以叫妳姐姐嗎？因為妳和我姐姐同歲。」

「嗯，當然了。」

「我要說的都是事實，妳會相信我嗎？是姐姐妳先跟我說我會作夢，所以我也想把我的夢原原本本地講出來。」

「當然了，我知道妳作的夢很特別，荷葉很漂亮吧？」

靜瑞驚訝地點了點頭，可能是因為和拉拉相處很愉快，嘴角微微上揚。但是過沒幾秒，兩邊的嘴角又突然垮了下來。

「寶貝在我不在家的時候死了。偏偏是在我很晚從補習班自己回來的那天。我到現在都不知道寶貝為什麼死掉了。我想也許是因為五彩魚很敏感，所以才會突然死掉。我的寶貝沒有我，一個人該有多害怕啊？一想到這些我就心痛。」

靜瑞開始哽咽了起來，比起失去家人朋友的失落，她首先想到的是魚寶寶獨自死去的痛苦。

「今天，裝有寶貝的塑膠袋破掉了，而且是在補習班上課的時候。」靜瑞的肩膀緊繃地拱起，並且開始講述今天發生的悲劇。

「我把死去的寶貝用透明密封袋包起來，帶著牠走，一有空就拿起來確認寶貝的狀態。」

「但是死去的寶貝很難熬過這個炎熱的夏天，對吧？」

「嗯，牠的身體漸漸腐爛，我也開始覺得有點不舒服。妳看看，味道是不是很難聞？」

拉拉微微一笑，表示沒關係。事實上，她的嗅覺剛剛已被魔女施法麻痺了。

「我真的不知道事情會變成這樣。補習班老師說要打電話跟爸媽說，到頭來我又會因為惹事被罵。而且，如果他們不像姐姐妳一樣相信我所說的，甚至懷疑是我害死寶貝的該怎麼辦？我真的不知道該如何是好，我覺得我不該讓寶貝就這樣離開，所以，這就是為什麼……」

「沒關係的，靜瑞，妳先冷靜下來，我相信妳的家人都知道妳最愛寶貝了，所以不用擔心這個。我們也一定會幫妳的。事實上，我已經做好幫助妳的計畫了，妳只要照著做就可以了。」

拉拉回頭看著魔女和逗樂，大家都用胸有成竹的眼神看著靜瑞。就在這時，突然傳來了開門聲。麵包店裡所有的人都轉過頭來。

「靜瑞！」

一名男人一進到麵包店，靜瑞就跑過去抱住了他的腰。男人跑得發紅的臉和氣喘吁吁的模樣，以及霧濛濛的眼鏡和濕黏的頭髮，都顯示出男人衝到這裡的速度有多快。

「爸爸！」

「妳還好嗎？眼睛都哭腫了。」

男人輕輕揉揉靜瑞腫脹的眼睛，靜瑞再次哭著依偎在男人懷裡。男人抬起頭看了看魔女和拉拉。

「您好，我是剛剛發簡訊給您的人，請您到這邊來坐一下好嗎？」

拉拉用親切的語氣引導他。這時，店門又被打開了，這次是靜瑞的媽媽和姐姐帶著充滿警戒的表情進到店裡，她們一看到爸爸懷裡的靜瑞便急忙走過來。

「靜瑞，妳沒事吧？唉唷，看妳的臉，哭得亂七八糟的。」

「傻瓜，妳怎麼都不告訴我們，一個人操心好幾天呢？」

「妳知道妳上完補習班突然消失，大家有多擔心嗎？」

家人們都淚眼汪汪地看著靜瑞。這時，魔女請他們都坐到桌子前面。在那一瞬間，身穿白色儀式服的拉拉與藝瑟對視了。拉拉點頭向驚訝的她打招呼。圍坐在桌子前的家人們聽靜瑞講述之前發生的事。

「天啊，靜瑞，妳竟然認為我們會責怪妳沒顧好寶貝，我們絕對沒這麼想，我們哪有人不知道妳多愛寶貝？」

「我無法想像妳一直帶著死去的寶貝有多痛苦。」

藝瑟似乎哭了，用手背抹了抹眼淚。靜瑞摸著裝有魚寶寶的檜木管，爸爸則緊緊抱住靜瑞。其實他剛開始以為拉拉傳來的簡訊是電話詐騙。簡訊上居然寫著寵物魚的喪禮，但是他仍然因為擔心靜瑞而趕來這裡，沒想到這裡真的準備了像樣的葬禮場地和程序。

「我們的寶貝，現在我們要送你去魚兒星球了，你已經陪了我太久，為了讓你好好離開，我決定接受她們的幫忙。」

為了不打擾靜瑞和家人們，剛剛暫時離開的拉拉和魔女聽到靜瑞這麼說之後走出廚房。拉拉和魔女笑著將裝有茶杯和鯛魚燒的托盤放在桌上。魚寶寶原本黏在受傷屍體裡的靈魂碎片開始一點一點進入家人們要吃的麵包中，準備迎接最後的到來。靜瑞默默地看著，眨了眨眼睛，看樣子是做好了心理準備。

「先吃點放在你們面前的麵包和茶吧，接下來還有很多事要做。」

除了靜瑞之外，其他家人聽到這句話的瞬間都莫名感到極度飢餓。他們管不著尾巴裂開的鯛魚燒是否好看，迅速吃了起來。

「真是奇怪，明明不是該吃東西的氣氛，為什麼我會這麼餓呢？」

「可能是因為我們哭得太厲害，所以餓壞了吧？」

藝瑟拿起麵包塞進嘴裡，全家都吸著沾在手上的草莓奶油，狼吞虎嚥地吃掉了鯛魚燒。此時，魚寶寶反覆快速地進入他們的鼻子裡，只剩下魚鰭和兩隻眼睛了。

「拉拉，現在收起屏風吧。」

在水墨絲綢屏風前放上香、蠟燭、花和淨水的拉拉和魔女收起了屏風，靜瑞一家疑惑地看著她們。收起屏風後，屏風所在的位置出現了巨大的畫冊。魔女立即捲起白色衣袖，拿出沒有上墨的毛筆，開始在畫冊上畫畫。靜瑞將檜木管夾在腰間，小心翼翼地保護著魚寶寶。她走到不知不覺間充滿水墨畫的畫冊前，魚寶寶則在靜瑞的手掌上撲嚕嚕轉了一圈。靜瑞朝寶貝微笑，並將牠的身體稍微抬高一點，似乎知道牠下一步的行動似的，將胳膊往前伸。畫冊中的水波蕩漾起來。靜瑞大吸一口氣，放下滿臉期待的魚寶寶。魚寶寶很快鑽進畫冊中，畫冊如同藍墨水滲入宣紙般染上了深藍色。

「現在換妳進去了，靜瑞。」

靜瑞看著拉拉點點頭。不知不覺中，魚寶寶的身體恢復完整的樣子，在畫冊中呼喚著家人。

「雖然這是告別，但還是希望妳能開心，靜瑞。」

「姐姐，老闆，貓咪，真的很謝謝你們，我絕對不會忘記這份恩情的。」

「一路順風。」

拉拉知道靜瑞無法記得她，但是對於靜瑞真心的感謝，內心不免一陣激動。靜瑞緩步往前走，她的耳朵下方開始長出魚鰓，其他家人也一樣。不久後，在充滿淡粉色和深粉色荷花的水池裡，寶貝變回完整的紅色五彩魚，開始和家人游泳。

在這個寂靜而生動的時刻，拉拉播放了鋼琴曲〈吉諾佩蒂第三號〉，慢而莊嚴。魚寶寶順著反覆的音律爬上了荷葉。荷花池中魚寶寶和家人歡快的笑聲蕩漾，光是看著就讓人陶醉。拉拉想著，如果自己也像他們一樣盡情地在荷花之間游泳玩耍，會如何呢？

「看起來真好，妳是怎麼想到要像禮儀師一樣來幫寶貝完成心願的？」

魔女走過來問拉拉。

「啊，是幾天前網站的演算法推薦的。不知道是不是因為我最近太常搜尋死亡這個詞，所以出現了禮儀公司的廣告。我點進公司的網站，文章中說舉行喪禮一方面是為了追悼死者，另一方面則是為了讓留下的人盡情悲傷。我覺得寫得太好了。我也想正式悼念魚寶寶，願牠如願以償，幸福快樂。」

拉拉又把目光轉向畫冊，隨著鋼琴的演奏平靜地呼吸。三條尾鰭半透明的魚隨波往上，在水面上探出頭來，看著魚鰓不再擺動的魚寶寶，談論著和寶貝一起度過的快樂時光，努力不錯過牠最後的模樣。從某種角度來看，這種行為本身對他們來說是死亡，也是慶典。不久後，魚寶寶的身體開始發光，如同牠閃閃發亮的鱗片一樣，美麗璀璨地消逝。

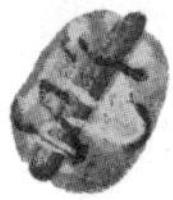

4

神聖的櫸樹車站和精靈們

某個平和的下午，拉拉帶著咚咚們練習從記憶中走出來。逗樂今天則一如既往地數著咚咚們的數量，並在確認空盤子和托盤後，煩惱該把新進來的咚咚放在哪個位置上。

「你到底是從哪裡把咚咚們帶來這裡的？」

當拉拉問起時，逗樂停下手邊的工作，跑下貨架，來到拉拉身邊看著她說道：「沒想到妳現在才好奇這個問題。」

「嗯？」

「櫸樹車站早就想邀請妳了，但是他們也希望妳能先適應麵包店的工作。看來是時候了。我們今天一起去吧。」

「什麼？櫸樹？」

「我會一一解開妳好奇的問題。來，快跟我來。」

「哦？我們要一起去哪裡？」

拉拉急急忙忙站起來跟著逗樂。在進入魔女麵包店的路口，有一棵看起來超過百年歷史的魁梧櫸樹。拉拉每天都會路過那棵樹，但是從未想過樹和咚咚們有什麼關係。

「這棵櫸樹是通往另一個次元的入口。如果妳想看到真正的車站，就必須通過這裡。櫸樹車站共有五處，處理著咚咚們不同的情感記憶。其中第五個車站是總站，也是總管其他四個車站業務的中央管理處。去車站的方法很簡單，只要跟著我在這棵樹周圍轉個圓圈就可以了。」

「居然那麼簡單嗎？」

「但是要數清楚。第一棵樹是六圈，第二棵樹是七圈。」

「第五棵是十圈？」

「是的，沒錯。」

逗樂以滿意的眼神看著拉拉說道，接著移動腳步開始在櫸樹周圍繞圈。拉拉緊跟著牠，深怕錯過。一、二、三，她順著逗樂的口令，慢慢繞著有落葉的樹。拉拉的視野逐漸扭曲，很快變得雪白，並且被吸進了某個地方。

「十圈，結束。」

逗樂的最後一個口令一結束，瞬間出現的神祕景象讓拉拉瞠目結舌，她面前是一棵鬱鬱蔥蔥的櫸樹，雪白地發著光。拉拉發現一棵和她一樣高的櫸樹掛著小果實。玻璃珠模樣的圓形果實掛在尖尖的葉子縫隙中，不斷發出獨特的光芒，閃閃發亮。

「好漂亮啊！」

拉拉不由自主地伸出手，試圖靠近樹木，就在此時——

「等等，不能動！妳現在太大了！」

聲音雖然很小，但很急促。拉拉趕緊低下頭看向發出聲音的方向，接著她很快就了解自己的狀態。在拉拉巨大的腳下展開的情景就像螞蟻的世界一樣。發出淡綠色光芒的白色物體抬起頭來，驚訝地看著拉拉。拉拉回想起第一次看到咚咚的日子，並且向看起來有點軟乎乎、如同果凍的白色物體們揮手。

「妳看起來足足有六尺高，趕緊吃寫著六的丹藥吧。」

又有人對著拉拉大喊，就在那一瞬間，不知哪裡傳來了圓形巧克力麥片傾瀉而下的聲音，櫸木樹幹之間開啟了多道門。彎彎曲曲的鐵軌避開拉拉伸出，延伸到地面。如同果凍的物體們蜂擁而至。拉拉靜靜看著他們，突然聽到有東西掉下來的聲音，她抬起頭，發現寫有數字的圓形藥丸開始大量滾出。

要找到寫有數字六的藥丸並不難，但是用厚厚的手指抓住快速滾落的小藥丸並不是一件容易的事。拉拉勤快地移動手指，抓住了米粒大小的丹藥，並且趕緊將寫著六的藥丸放進嘴裡。

「現在終於能跟妳說話。」

聽到比剛才大得多的聲音，拉拉嚇得瞪大了眼睛。

「我是守護第五車站，淨化咚咚們情感記憶的精靈索羅，是所有樹木精靈的首長。」

「哦，索羅，很高興認識你，我……」

「不用介紹，風的記憶已經告訴我很多關於您的事。」

與此同時，索羅向拉拉伸出了手，爽朗地笑著，拉拉緊握他的手，心想：「這邊的世界似乎沒有保護個人隱私的概念啊。」索羅一揮手，樹發出的清爽氣息就通過拉拉的身體。

「您有種很清新的氣息啊。既然已經打完招呼，那我們開始探訪吧？」

拉拉點了點頭，不知何時，逗樂也走了過來，拉拉用眼神詢問牠剛剛在哪兒，於是牠向沒拿到丹藥的精靈點頭示意。精靈舉起大拇指，走到鐵軌前咬走一顆藥。

「精靈們也吃丹藥啊？」

「是的，我們本來也沒這麼小。大家的體型都不一樣，但是接到櫸樹車站的命令後，大家都要保持一樣小的身體。這是沒有辦法的事，因為一棵櫸樹很難容納這麼多精靈。」

拉拉聽著索羅的話，看著在他身後工作的精靈們。他們正把軌道上的丹藥按順序分類後分配。

「剩下的藥要用在哪裡？精靈們吃完後還會剩下很多……」拉拉指

著推積如山的丹藥問。

「那個是給即將到達的咚咚們吃的。牠們也要吃丹藥才能進入果實內。」

就在此時，鐵軌上開始出現樓梯。這時，另一群精靈出現了，並以極快的速度爬上樓梯。就在幾秒鐘內，原本走在最前面的精靈鑽進了櫸樹上的洞裡，並以飛快的速度爬上樹枝，他們開始採摘被稱為珠子果實的圓形卵狀物，並且把果實丟到地上。地面上的其他精靈則拿著類似捕捉昆蟲的工具努力接住果實。

「他們會像這樣收集空的果實，並且讓咚咚們進入果實。在果實裡，咚咚們會像人類看電視劇一樣回顧一生。這樣一來，牠們擁有的情緒記憶就會穩定下來。」

「情緒記憶嗎？」

「是的，就是附在喜悅、憤怒、悲傷、恐懼等不同情緒上的記憶。來到第五站之前，其他的櫸樹車站會處理並穩定剛才說的那些情緒。來到這裡之後，咚咚們就能平靜看待附在這些情緒上的記憶。唯有如此，牠們才有辦法開始放下對生命的執念，因此這是非常重要的過程。」

「經過這些過程還留有遺憾的咚咚們就會來我們麵包店，對吧？」

「是的，沒錯。」

緊接著，面前的咚咚們發出了吵雜的聲音，這時出現了灰濛濛的布擋在牠們面前。

「那是什麼？」

「啊，如果通過這張生命畢業冊，就會得到死亡認證。」

前方設了這道布幕後，咚咚們幾乎同時飛過來，通過了灰布。在通過的瞬間，被稱為畢業冊的布幕上印出牠們生前模樣的證明照後，咚咚們就會消失。這個速度非常快，看著讓人震驚。

「但是，那個黑色的點是什麼？」

「這是我們最近最大的煩惱。到目前為止，我們還沒有弄清楚為什麼會出現這樣的空白。但是，我推測有可能是死亡在即，卻仍在進行治療的咚咚們會發生這種延長生命的情況，因為我們不能硬把還活著的生命強行帶來。」

拉拉點了點頭，通過畢業冊的咚咚們吃了精靈們扔的丹藥，變小到可以進入珠子果實的程度。精靈們將果實們切成兩半，並把咚咚們放進去，到了一定數量後，他們將果實綁在一起，接著又開始爬樓梯。成排的果實就像掛在聖誕樹上的小燈泡一樣，立在樹枝之間。果實的一側開始發光。每個果實中的咚咚們為了觀賞自己即將開演的過去生活，將身體靠在客製的安樂窩上。此時，剛才爬上樹的精靈們有條不紊地下來做其他工作。

索羅將望遠鏡和耳機遞給拉拉，讓她看看果實中的咚咚們在做什麼。在樹幹底部綁著南瓜名牌的果實中，有隻屁屁圓滾滾，非常可愛的柯基犬咚咚，牠舉起兩隻前腳，不停抓著果實一側的記憶影像。

「我最愛的奶奶！」

成為靈魂的南瓜望著白髮蒼蒼的老奶奶喊道。

「難道……牠的主人處於昏迷狀態嗎？」

拉拉看著戴著氧氣罩躺在病床上的老奶奶問道。索羅點了點頭，拉拉再次拿起望遠鏡，開始一起看南瓜正在收看的畫面。緊接著，一位頭髮和老奶奶一樣白的老爺爺走進病房。這時，看著畫面的南瓜跳了起來，並開始汪汪叫。畫面中的老爺爺走到老奶奶身邊，收起一條毯子。

「是我吔！」

南瓜看到生前文靜地趴在老奶奶身邊守護奶奶的自己，搖了搖又長又蓬鬆的尾巴。在觀看的過程中，南瓜的眼裡流露出各種情緒。

「南瓜啊，奶奶現在病得很厲害，沒辦法抱你。雖然很傷心，但是你能理解吧？」

畫面中垂下眉毛的爺爺撫摸著奶奶身邊的南瓜，畫面外的南瓜則睜著圓滾滾的棕色眼睛，抽動著鼻子。

「爺爺，沒關係，我不傷心，只是很想你。」

這時突然響起了吵雜且高頻的機器聲，老爺爺如同被他人追趕般打開病房的門往外跑。畫面中的南瓜很快察覺到老奶奶的死亡，發出了哭聲。畫面外，已經變成靈魂的南瓜則非常平靜地注視著。不知何時，南瓜面前出現了一個形體。拉拉透過望遠鏡，瞪大著眼睛看著這驚人的景象。這是她第一次看到人類的靈魂。

「我看到奶奶的靈魂正在看著南瓜哭。」

畫面中的南瓜看著奶奶掉下來的眼淚，開始舔奶奶的嘴角。畫面外，已經變成咚咚的南瓜也開始像牠一樣舔起來。

「奶奶，妳現在沒有病痛了，我也和奶奶一樣死了，但是我會很想妳。」

南瓜把一隻腳放在畫面上低聲說。這時老奶奶微笑著張開雙臂，溫暖地擁抱南瓜。這是連成為靈魂的南瓜也能享有的溫馨場面。

索羅向某個人招手。於是幾個精靈開始爬上櫸樹，並且很快順著櫸樹幹往南瓜那邊去，接著開始一個接一個貼在南瓜的珠子果實上。精靈們黏稠的身體緊貼著珠子果實後，拉拉已經看不到南瓜的樣子，此時精靈們的身體變成半透明，並開始發光。拉拉在他們的身體變透明後再次從他們身體的縫隙觀察南瓜。南瓜以趴在奶奶身邊的姿勢，將肚子貼在地上，舒服地閉著眼睛。

「現在可以了，我見過了爺爺，也最後一次和奶奶擁抱。我非常幸福，可以閉上眼睛了。」

拉拉聽完南瓜的最後一句話後，將望遠鏡放下。

「我們的工作就到此為止了，我們所有的精靈都會盡最大努力讓咚咚們安詳地閉上眼睛，但是仍然不比一起生活的家人創造的回憶強大……有時候，我根本沒辦法穩定回憶帶來的強大情緒，但是這樣的咚咚們去到魔女麵包店接受拉拉的幫助後，也實現了最後的心願，並且平靜地離開了。我知道這件事後，心裡踏實許多，所以一直很想見見妳，拉拉。」

「我也很開心，沒想到有這麼多夥伴和我一起工作，這是全新的體驗。精靈們栽培的櫸樹也好美，讓人想再來看一看。」

索羅回頭向拉拉投以溫暖的目光，拉拉也有同樣的感受，並回以微笑。

「我們該走了，索羅，今天非常感謝你。」

逗樂看著緊跟在自己身後開始排起長隊伍的咚咚們說道。咚咚們跟隨對面精靈的指引，井然有序地聚集在一起。牠們就像等待驚人冒險的孩子般，滿臉興奮地嘰嘰喳喳。拉拉的期待感也隨之湧出。

「再見，逗樂，還有拉拉，今天真的很開心。」

「我也很開心，索羅。有機會再見，其他精靈們也是。」

精靈們在拉拉打招呼時停下手中的工作，揮動雙手。逗樂直到出發前，都在背誦咚咚的名字，並確認數量。直到最後都在向精靈們揮手的拉拉在逗樂開始動身後，也立刻跟著起身。逗樂畫出一個圈圈，慢慢地繞圈。咚咚們也跟著一起轉圈，製造出淺淺的漩渦。過沒多久，他們轉眼就回到麵包店前的大櫸樹。

「現在進去吧。」

逗樂默默站在前面，還迷迷糊糊站著的拉拉看到往店門方向走去的逗樂和咚咚們後，急忙打開了麵包店門。她一一緊緊擁抱跟著逗樂進來的咚咚們說道。

「大家來到這裡真是辛苦了，現在只要能實現最後的心願，你們就可以踏實又幸福地出發了。」

咚咚們緊閉雙眼，靜靜投入拉拉的懷抱，似乎在附和她說的話。不知何時來到拉拉身邊的魔女欣慰地看著他們的身影。與新來的咚咚們打完招呼的拉拉幫助逗樂引導咚咚們到牠們生活的位置，並且遞給魔女一個寫有「七」的丹藥，說這是紀念品。魔女非常高興，並把丹藥珍惜地收進裝有各種珍貴丹藥的盒子裡。麵包店頓時又熱鬧起來。原本的咚咚們和新來的咚咚們互動，看到店門掛著「OPEN」牌子的客人們也開始上門。

5

巨大的地瓜蛋糕

拉拉在擦拭貨架時將視線轉向麵包店窗戶，回憶起初夏遇到魔女和逗樂時的驟雨，並且靜靜注視著窗外下得比雨絲更慢且非常安靜的雪。另一邊的大櫸樹不知不覺脫掉了各種顏色的落葉，白色的雪花則如同柔軟的毛衣一樣穿在每根樹枝上。

「聖誕節快到了，怎麼樣？旅行準備得還順利嗎？」

「當然嘍！」

「妳一放假就會馬上出發吧？」

「是啊。我真的很興奮，居然沒有機票也能去國外旅行！」

經營麵包店前曾經在世界流浪過的魔女不久前向拉拉提議，這次寒假透過畫冊去國外旅行。拉拉瞪大了眼睛，馬上答應了。

「老闆，那妳知道每個國家哪裡漂亮，哪裡有美食嗎？」

「當然。」

「哇哇哇，太棒了！」

拉拉高興得在麵包店跑來跑去，魔女笑看著她。

「但是只要我叫妳，妳就得馬上回來。」

逗樂在一旁大搖尾巴，一臉不高興的樣子。

「這個不用擔心，我不是很會聽聲音嗎？而且還有稻草人，不會有事的。」

逗樂雖然對撇下自己去旅行的兩人感到不滿，但是看到拉拉如此開心，也就不計較了。

「我該走了，是時候去接咚咚們了。」

然而，說完這句話的逗樂卻無法馬上出去，因為在那一瞬間，大家聽到了用力敲門的聲音。逗樂停下腳步，兩耳動著，並瞪大了鑽石模樣的瞳孔。拉拉快速走到門前，握住了把手。所有人都感覺到奇怪的氣息。

「妳好，我叫莫莉。」

敞開的門外站著一隻金黃色長毛濃密的大狗。

「啊，哦……莫莉，很高興認識妳。」

無論怎麼看，牠分明是「咚咚」，但是牠為什麼獨自來這裡？拉拉回過頭來，臉上露出訝異的表情。逗樂的小鬍子也僵住了。拉拉含糊地接受了莫莉的問候，先帶牠進入麵包店。這時在場的咚咚們開始騷動起來。

「牠是誰啊？有點大隻吔！」

「可能是因為牠太大了，所以不走我們用的專用門。」

「我知道這種狗，這種狗很善良。」

「你怎麼知道？因為牠的眼睛又大又圓？還是肚子肉看起來暖暖的？還是因為柔軟的毛？」

「因為我和長得像那樣的狗一起生活過，牠們就像天使。尤其是我哥，牠總是在觀察我的心情，不管我靠在牠身上多久，牠都會乖乖讓我靠。牠甚至還和貓成為了朋友。」

「喂，天竺鼠先生，你這麼說是什麼意思？這在我們貓聽起來很奇怪吔！難道你覺得我很挑剔，所以很難和我做朋友嗎？還是說我不夠格做別人的朋友？」

「喔，對不起！因為狗和貓是死對頭，所以我才會說出這樣的話，請別生氣。」

天竺鼠咚咚說完迅速躲起來。逗樂則以不快的步伐走過來問道：

「嗨，朋友，我還沒去接妳，妳怎麼就先來了，有什麼理由嗎？」

逗樂似乎對莫莉獨自出現感到不滿。牠是隻細緻周到的貓咪，在經營麵包店上希望盡量不要破壞原則，在帶咚咚們來麵包店，並送牠們往黃泉的工作上也總是會澈底做好準備，以免突發情況。魔女曾經嘖嘖稱奇地表示逗樂是嚴謹到噁心的傢伙，她也抱怨過自己之所以經營這家麵包店，也是因為陷入了逗樂的縝密計謀。

「變數一旦出現，事情就會不知不覺變得越來越複雜，所以至少在我負責的工作上，我不希望出現任何變數。」

「嗯嗯，好的，逗樂，你說得都對。」

拉拉看著多少有些不悅的逗樂不知所措，魔女則雙手交叉盤胸搖搖頭。在架上看著逗樂的咚咚們也感受到不尋常的氣氛，開始嘟起嘴。這時莫莉抹去微笑，低聲自語：「難道……牠是因為我才生氣的嗎？對不起。」

「不是的，莫莉，逗樂沒在說妳，只是……」

拉拉揮揮手安撫沮喪的莫莉，並且小心翼翼地看了一眼逗樂所在的位置，此時逗樂正在環顧四周，並發現除了魔女之外，其他人都在看著牠，因此牠一和任何人對眼就迅速轉移視線。

「唉，我也不該那麼敏感。莫莉，雖然有點遲了，但是歡迎妳來這裡許最後的願望。」

逗樂抽動著小鬍子從座位上站起來，向莫莉問好。莫莉也起身，溫柔地搖著尾巴。這時拉拉和魔女才相互望著對方露出微笑。

莫莉變成漂亮豐盛的三層派對蛋糕上了貨架，軟綿綿的蛋糕內餡充滿了地瓜慕斯。有一點困擾的是，牠的尺寸相當大，幾乎佔滿了中央貨架。

「儘管如此，這還是非常漂亮的蛋糕。」

逗樂驚嘆不已。牠之所以如此驚訝，是由於為莫莉的巨大體格準備的空間周圍只能放入一些小咚咚，看起來像是圍繞巨大城市建成的小村莊。小雞棲身的金黃色小蛋塔、裝有紅色倉鼠的伯爵紅茶磅蛋糕能放在莫莉旁邊的縫隙中，但是像吐司或乳酪蛋糕之類體積較大的糕點只能全部移到窗邊的位置。莫莉似乎很開心自己變成地瓜蛋糕，不停地搖尾巴。拉拉看到這個情況後，覺得大家都是無形的靈魂真是萬幸，不然搖著的長尾巴肯定會把其他小咚咚都掃到地上。逗樂邊巡視空間擁擠的貨架，邊做好面對繁重工作的準備。明天就是冬至了，這是陽氣最弱、陰氣最強的靈魂之日。因此，死者和尋找死者的客人肯定會蜂擁而至。這時，麵包店門劇烈晃動。

「歡迎光臨。」

拉拉和魔女一起打了招呼。呆呆看著這一幕的逗樂悄悄走近專用門。

「今晚從十一點半開始就是冬至臘月了，我們會忙得不可開交。陰氣十足的冬至是靈魂最喜歡的一天，所以祝妳們兩個好運。我會把在櫸樹車站等我的咚咚們帶過來。」

逗樂轉眼消失。看著哐噹響的門，拉拉想起來到這裡的第一天聽到逗樂聲音的瞬間。拉拉和逗樂已經很久沒有進行無聲的交流，因此她很疑惑逗樂為何要用這種方式跟她溝通。但是拉拉很快就明白為什麼逗樂要用只有拉拉才能聽懂的方式說話了。因為過沒多久，咚咚們的氣息不知為何比以往更強烈，顧客則絡繹不絕來到店裡。拉拉和魔女為了一一滿足他們的要求而筋疲力盡。不斷數著服務費並記帳的魔女開始抱怨：「到底什麼時候才能結束？」客人們持續像巨浪般湧來，拉拉因為喊得太大聲，嗓子都啞了。服務了幾輪後，拉拉和魔女都耗竭了。

「老闆，我好累。」

「天啊，這到底是怎麼回事？」

魔女露出完全無法理解的表情。此時拉拉尷尬地笑了，雖然逗樂已經告訴她發生這種情況的原因，但是她絕對不能告訴魔女，否則魔女一定會釘上釘子來堵住專用門。

「雖然很累，但是今天好像完成了許多工作。大家應該都在和主人一起度過幸福的時光吧？」

看到疲憊中仍感到欣慰的拉拉，魔女的煩躁略有減弱。魔女在拉拉的微笑中調皮地弄亂她的頭髮，兩人一起笑了起來。

「妳該下班了。」

「是嗎？時間過得真快。」

「我連幫妳倒杯茶的時間都沒有。我把扇子借給妳，妳今天就拿走它吧。」

「沒事，我還可以走回家。」

「不行，要節約體力。如果明天還是這麼忙該怎麼辦？趕緊回家好好休息，今天辛苦了。」

魔女邊整理拉拉凌亂的頭髮，邊幫助她脫掉圍裙。

「今天烤的麵包也拿走吧。」

魔女在廚房收拾海鹽麵包時，拉拉揹起包包開始向剩下的咚咚們打招呼。就在此時——

「那個、那個……」

有人和拉拉說話，但是聲音太小了，拉拉沒聽到。此時，魔女來到拉拉身邊說道。

「我連明天早上的份都放進去了，妳和家人一起分著吃吧。」

「哇，真的很謝謝妳。」

「明天見。」

拉拉點了點頭，從魔女手中接過扇子，走到門前，深呼吸了一下，並高高舉起扇子。

「那個……」

嗯？拉拉的頭稍微傾斜。什麼呀，聽錯了嗎？歪著頭的拉拉再次拿起扇子，正要摺起扇子的瞬間。

「我有點……看看我，拉拉……」

這回拉拉聽清楚了，是某人顫抖著，充滿恐懼的聲音。魔女疑惑地看著拉拉說道：「怎麼了？」

「好像有人在叫我。」

站在拉拉旁邊遮住她視線的魔女聽到這句話稍微閃開。拉拉從縫隙中探頭查看貨架。隨後，她帶著難以置信的表情衝向中央貨架。

「天啊，莫莉！」

莫莉將自己的靈魂壓扁貼在蛋糕最底部。拉拉慌忙抱起顫抖的牠，緊張地問道。

「莫莉，妳怎麼了？」

「不好意思，妳們那麼忙，但是能不能把我放到低一點的地方，這麼高的地方太危險了。」

「嗯嗯，我馬上放妳下來。」

拉拉和魔女按照莫莉的要求，小心翼翼地搬動蛋糕盤。就在此時，莫莉的部分記憶滲透到拉拉的身體裡。

「好暈！」

打了一陣寒顫後，拉拉舉起手揉了揉手臂。她看到在許多人經過的人行道前，看似主人的某人和靜靜等待紅綠燈的莫莉。有人向牠伸出黑色的手，那雙手碰到牠的臉時，隱約散發出令人不快的氣味和讓人窒息的可怕痛苦感覺！這一切都像閃電般一閃而過。拉拉的眼淚不由自主地湧出。

「太可怕了！」

拉拉迅速摟住了在顫抖的可憐莫莉。

☆ ☆ ☆

「怪不得那個人的手伸到我眼前，我的心就會一直顫抖。即使是現在，我都覺得那可怕的黑暗之手好像會衝出來襲擊我。天啊，我不想再經歷，也不想再回想。」

拉拉看著睡著的莫莉，想著莫莉過去的故事。她先將莫莉帶到沒有人的地方休息。

「不管怎麼想，我都覺得那應該是妖術。」
「妳是說妖術嗎？」
「是的，妳一看到那雙散發著黑色氣息的手就精神恍惚，甚至有一種被吸進去的感覺，這分明就是施了邪惡的妖術。」
「那……是誰做的？使用這種妖術會怎麼樣？」
「我也不知道是誰做的，我只知道有這種妖術，但是我到現在沒看過有人用過。那種妖術是透過自己的身體創造黑暗的空間，將清澈善良的靈魂帶入其中，作為黑暗的祭品。也就是用別人的生命或靈魂來獲得自己想要的東西。」
「那麼，那個人到底想要什麼？」
「大概是財富、名聲，或是……永生吧。」
「永生？就是長生不死嗎？」
「是的，沒錯。」
「難道，莫莉可能是被那個妖術殺害的嗎？」

「有可能，雖然我不希望是那樣，但是根據我在神聖的櫸樹車站打聽到的消息，這樣的機率非常高。」

剛通過專用門進來的逗樂說道。

「櫸樹車站表示莫莉似乎是跟著沒能穩定情緒記憶就先離開的其他咚咚的軌跡來到這裡。索羅說莫莉在第一站時就幾乎處於恐慌狀態。當然，可能是因為那裡的上級對此採取緊急措施，才讓莫莉落到現在的狀態。」

經歷死亡瞬間的靈魂有時會感到極度的恐懼或不安。每當這時，櫸樹車站的精靈們都會用神聖的力量驅散牠們可怕的記憶，幫助牠們找回安全感。

莫莉不知何時醒來，並從單人沙發上走了下來，用牠特有的溫柔眼神慢慢環顧麵包店，同時看著所有的人。注視著莫莉的其他咚咚們也都對牠充滿了好奇。

「莫莉，大家好像都很擔心妳，妳現在感覺如何？沒事吧？」

莫莉因為拉拉親切的問候搖了搖尾巴，並且看著拉拉。

「怎麼了？有什麼話想說嗎？」

「有件事我想跟妳一起做。」

「嗯？是什麼？」

拉拉眨了眨眼睛，今天一整天都在休息的莫莉第一句話就讓人意外。在拉拉的提問下，莫莉伸直兩隻前腳站起來，甩了甩身體後，立刻走近拉拉。

「從現在開始請仔細看。」

拉拉雖然覺得有點莫名其妙，但是仍先點了點頭。於是莫莉輕柔地抬起一隻腳，放下後再抬起另一隻腳，並放下。牠反覆做著同樣的動作，抬起來，放下，抬起來，轉圈。

「這是舞蹈嗎？」

拉拉不確定地問道，莫莉汪了一聲。同時，牠的右前腳交叉放在左邊，接著又馬上放下來。

「好像是在跳舞啊？」

魔女看著具有一定規律性的動作也如此問道。

「是的，我也覺得好像是跳舞，但是牠不會是想和我一起跳吧？」

「試試看吧，好像也不是很難。」

「可是，我……」

拉拉猶豫了一下，不知何時來到莫莉旁邊的逗樂模仿莫莉的動作並說道。

「喔喔，跳舞啊，這挺有意思的。」

莫莉現在跳起來叫著拉拉。

「快點，快來和我一起跳舞吧。」

拉拉勉強走過去。不久後，大家都明白為什麼拉拉會如此為難。拉拉的肢體不知為何不太協調。

「這個動作有那麼難嗎？」

「不知道，但我就是做不出來。」

莫莉看著拉拉亂七八糟的動作也多次搖頭。每當這時，牠的耳朵都會大幅顫動。魔女和逗樂則在背後毫無顧忌地笑著，只有在這種時候，這兩個人才如此有默契。拉拉第二天也繼續和莫莉跳舞，莫莉因此恢復了平靜，開朗多了。然而，拉拉還是很擔心牠。雖然她不想為難現在已經穩定下來的莫莉，但是如果牠的主人到今天為止還不來的話，拉拉就必須進入牠可怕的記憶中。

「莫莉，今天是妳來到這裡的第三天，妳和主人約好了嗎？他會來接妳嗎？」

拉拉問道，她的舞蹈動作已經比昨天稍微好了一點。莫莉聽到拉拉的話後，動作反而慢了下來。

「妳的願望是和主人一起跳這個舞嗎？」

莫莉現在完全停下動作，出神地看著拉拉。

「好，妳不想說沒關係，但是妳一定要見到妳的主人，這樣才能毫無遺憾地離開陰間，知道嗎？」

拉拉蹲在莫莉面前，莫莉仍然不想回答她提出的問題。

「咚咚是沒辦法獨自離開這裡的，要不然妳早就能去黃泉了。」

莫莉跟著拉拉，慢慢坐了下來，牠的大眼睛骨溜溜地轉動著，可憐巴巴地抬起頭。

「如果可以的話，我能看妳的記憶嗎？這樣才能幫助妳實現妳的願望。」

「不要，我不想給妳看，那太可怕、太嚇人了！」

莫莉垂頭喪氣地說。看到牠那充滿水氣，彷彿馬上就要掉淚的眼睛，拉拉不禁嘆了口氣。然而，拉拉也不能就此罷休。

「別的不說，至少讓我看看與主人有關的資訊吧。妳不想給我看其他的記憶也沒關係。」

莫莉眨動長長的睫毛，撲簌簌掉下了一滴眼淚。

「拜託妳了，莫莉。」

拉拉不斷拜託莫莉後，牠終於下定決心，默默閉上眼睛。莫莉同意後，拉拉坐在地板上，向莫莉張開雙臂，莫莉則像被拉拉抱住一樣，通過她的胸口，迅速跳進自己的地瓜蛋糕中。與此同時，拉拉的意識完全陷入黑暗，莫莉死前的黑暗記憶原封不動地閃過。拉拉現在已經可以走過咚咚們記憶的每個角落，挑選自己該看和不該看的東西。很快地，拉拉穿過長長的隧道，發現了打開光源的地點，因此意識迅速延伸並滲透到那裡。隨著黑霧消散，最先打開的感官是嗅覺。突然進入鼻腔的驚人化學反應使拉拉全身都酥酥麻麻的，氣味進入大腦後，拉拉感到有些頭暈。雨後濕漉漉土地上散發出的清新溫暖的氣息竟是這種味道！拉拉完全陶醉於用小狗的鼻子感受到的新世界。每當鳥鳴時，兩隻大耳朵就會自動跟著聲音移動。啊，原來草的味道這麼好，草地下泥土散發的味道又是如此新鮮！拉拉高興得飄飄然，腳步也自然而然輕快了起來。

「現在好像快到了，對吧？莫莉。」

聽到溫柔的聲音，莫莉兩邊的嘴角不由自主地咧開了。這是不管什麼時候聽都覺得好聽的聲音。莫莉心裡這樣叫著。莫莉的步調和同行者一致。這時，經過遊樂場旁的幾名行人投來溫暖的目光。不知為何，拉拉感到非常欣慰和自豪，而且非常好奇訓練出優秀莫莉的主人究竟是什麼樣的人。

「做得很好，太棒了！」

拉拉完全感受到莫莉努力不想讓自己太飄飄然的心情，同時她也希望莫莉能快點抬起頭看看主人。然而，莫莉就像執行任務一樣，只是默默走到目的地，並沒有抬頭。跟著主人的腳步站在紅綠燈前的拉拉覺得周圍很熟悉。就在此時，莫莉開始微微抬起頭來，拉拉為了不錯過看到主人的機會，打起了精神，但是隨即驚慌失措，因為主人的臉灰濛濛的，難以辨認長相。焦躁不安的拉拉再次集中精神探索莫莉的記憶，但是主人的模樣卻越來越模糊，根本看不清楚。拉拉再也忍不住，從記憶中走出來找到莫莉。莫莉如此不配合的行為令人費解。

「莫莉，妳為什麼要妨礙我？」

「對不起，但是只能這樣了，因為實在太可怕了。」

「妳不能這樣，要是繼續遮擋……」

「我太害怕了，實在做不下去，我現在只想休息。」

莫莉急忙躲進蛋糕裡。

「休息一下吧，莫莉也希望如此。」

魔女看了看逃跑般消失在蛋糕裡的莫莉，勸拉拉先吃點東西。

「有什麼收穫嗎？」

「沒有，與主人有關的事牠根本不給看。」

「那麼……」

「只能尋找其他方法了，雖然現在完全不知道該怎麼做。」

「慢慢想一想，說不定會想到好辦法，就像妳之前做到的那樣。」

「如果能這麼順利就好了。」

拉拉拿起叉子，切下一小塊伯爵茶蛋糕說道。

「沒看到別的嗎？」

一直沒吭聲的逗樂問道。

「別的嗎？」

「就是有提示性的其他東西，小狗們都很感性，牠們會記住周遭的情況，也許有不與主人直接相關的資訊。」

「是吔，還有什麼呢？那是常見的公寓社區，在紅綠燈前……喔！」

拉拉發出短促且低沉的驚嘆。

「是啊，沒錯，那樣的方法也不錯！」

「什麼方法……」

「不是我們親自去找，而是接收消息。」

拉拉突然放下的叉子在桌面哐噹大響，但是大家似乎不在意，只是期待著拉拉的下一個妙策。

☆☆☆

某些東西在逗樂和魔女面前飄動著，這些都是拉拉畫的畫。他們認為拉拉在繪畫方面比跳舞更有天賦。

「如何？我覺得這個最像。」

「嗯，確實挺像的。」

逗樂看著莫莉比對後說道，魔女也在旁邊豎起大拇指。魔女從烏黑的頭髮中抽出幾根白髮，放在拉拉遞過來的紙上，並且在頭髮上吐了一口氣。這時頭髮輕輕飄動，下面的紙也隨之一起晃動。當魔女更加用力呼氣時，原本的畫上開始出現印有同樣圖案的其他紙張。這些紙張隨著魔女的呼氣快速湧出，就像從影印機中印出的文件一樣，拉拉從在空中飛舞的紙張中抽出一張，大為讚嘆。

「每當老闆施展法術，我都會很激動和興奮。」

「是嗎？每次妳出妙計時，我才覺得很神奇。」

在她們互相稱讚時，逗樂為了抓住飄散在空中的紙張，忙得不可開交。拉拉也在旁邊整理紙張。

「現在只要整理好，再綁起來就行了。」

「是啊，託妳的福，我也拿出了這個。」
魔女晃動著掛在手指上的掃把模樣鑰匙圈。
「但是那個是真的掃把嗎？」
「不然呢？」
「妳剛才是說只要騎著那個飛來飛去撒傳單就可以了嗎？」
「雖然會飛來飛去，但是我沒說是騎掃把。」
「啊，是嗎？但是那個的形狀應該是掃把吧？」
魔女刷著掃把的刷毛。拉拉的眼睛因好奇而瞪大，魔女嘻嘻笑著拔出了刷子。於是，一個L字形的小管子向外突出，緊接著魔女從另一端末端的狹窄管口，將藏著的長而小的菸斗喀嚓一聲拔了出來。
「哦，那個！」
「妳知道嗎？」
「不是菸斗嗎？」
「正確答案。」

魔女調皮地笑著，抓著拉拉的手走到外面。她叼著菸斗吸了一口氣。於是，從管道中彈出了一團團圓圓的氣體。魔女用手將它攪動成一個小旋風。拉拉還沒來得及出現驚嚇的情緒，旋風就被高高扔向空中，形成了像馬上要從天空掉下的猛烈氣旋。

「老闆，妳真厲害！」

「現在讚嘆還太早，好戲才正要開始。」

魔女抓住拉拉的肩膀，跺了一下腳。

「來，跟著做。」

拉拉滿臉期待地抬腳用力跺地板。

「好，接著再一起跺兩次腳後跳起來，知道嗎？」

點了點頭的拉拉跟著魔女的口令，一、二，和魔女一起跺腳，她看到身體漸漸升高，不由自主地大叫起來。拉拉想起之前第一次使用扇子時，全身都驚心動魄的顫慄。魔女乘著氣流，溫柔地把拉拉帶到屋頂上。

「我們麵包店褪色的瓦片真漂亮，對吧？」

魔女看著隨著歲月流逝而顏色變淡，有著不同色差的屋頂瓦片，溫柔地說道。接著她快速轉身，越過橡樹、櫸樹、金剛松。拉拉興奮地和她一起加速，穿梭在幾棵高高的樹之間，不知不覺她習慣了，有默契地和魔女配合。

「現在讓妳在前面帶路吧。」

拉拉點了點頭，抓起一捆傳單，拉著魔女。這時，一張畫著莫莉大臉的傳單從她的腰間溜走，傳單在拉拉和魔女乘著雲層爬上去的時候迅速落到地上。

尋找毛小孩，如果您有看到這隻狗狗，請傳訊息給我！

姓名：莫莉

年齡：七歲（女）

犬種：溫柔有禮貌的黃金獵犬

拉拉焦急地反覆打開和關閉ＳＮＳ。這時正好響起了通知震動，拉拉迅速點入資訊窗口，查看內容，隨即以失望的表情放下手機。

「怎麼了？不是有人聯絡妳嗎？」

「雖然有人聯絡，但不是莫莉的主人，而是我們班的藝瑟。」

「藝瑟？」

「是的，就是之前魚寶寶的家人……」

「那個長髮少女。可是她為什麼傳訊息過來？」

「這個我也不太清楚，好像是發現我的ＳＮＳ帳號。反正她最近偶爾會對我感興趣，但是她應該不可能記得之前發生的事。」

「嗯，說不定是好事呢。」

「怎麼說？」

「就算是用魔法製造的記憶，也無法完全創造出感受和情緒，會不會是她因此對妳自然而然產生了好感呢？」

「好好回應她吧，說不定妳們能成為好朋友。」

拉拉聽到逗樂說的話，嘴角微微一顫，終於露出了微笑，並接受了藝瑟的交友邀請。最先出現的貼文是藝瑟在鋼琴比賽中獲得金獎後露出燦爛笑容的照片。拉拉在考慮要不要按讚的瞬間，通知再次響起。確認訊息後的拉拉像藝瑟一樣燦爛地笑著，將畫面轉給魔女和逗樂看。

「終於有人聯絡了。」

以這則訊息為開端，許多人陸續聯絡拉拉。多虧了這些訊息，大家終於知道莫莉的真實身分。

「她居然是導盲犬！難怪客人到現在都還沒來。」

逗樂非常吃驚，但是隨即露出難怪莫莉確實有些不同的表情。

「從訊息來看，記得莫莉和牠主人的人似乎比我們想像中多，我從這些人那裡得知他們平常都什麼時候出來散步，住在哪裡。你們看，好像是這裡。」

拉拉把某個附上照片的訊息遞給魔女和逗樂看，並興奮地喊道。

「好，現在馬上準備出發吧。」

拉拉迅速打開抽屜，拿出一個包裝地瓜蛋糕的大禮盒，一旁的逗樂則叼著紅色和綠色的蝴蝶結遞給拉拉。

「去訊息中看到的那裡對吧？幸虧那是老公寓，現在新蓋的大樓管理很嚴格，應該很難進去。」

拉拉打開畫冊，看著拿起毛筆的魔女，不出聲地微笑。每當拉拉看到魔女帶著和自己相差無幾的稚氣臉孔，做著老人家才會做的行為，她不知為何總會露出笑容。

「總之，公寓大概是在這裡，嗯，旁邊只有兩棵銀杏樹嗎？」

對於魔女突然轉頭詢問，拉拉嚇了一跳，慌忙收起笑容，並且迅速點了兩下頭。接著急忙動手，將厚實的禮盒把手摺起來。

「看起來真不錯。」魔女看著小心翼翼將莫莉放進盒子裡，並把逗樂給的兩條蝴蝶結疊在一起，將蛋糕盒包裝得漂漂亮亮的拉拉說。

「當然嘍。」

「很好，我喜歡妳自信的態度，那麼今天妳先進去吧。」

魔女指了指後面的畫冊。拉拉把裝有莫莉的盒子抱在懷裡，坐定後，腳尖伸向末端接觸地板的畫冊中。腳後跟用力，移動臀部，慢慢向前移動的拉拉像滑出一般被吸進了畫冊裡。拉拉和魔女為了躲避其他人的視線，將空間移動的出口選在莫莉主人公寓附近遊樂場的隧道遊樂設施中。魔女簡短的評論這次的移動很刺激，拉拉因為她的奇妙心得再次爆笑。她們跑向莫莉居住的公寓，但是到了家門口，不論怎麼按門鈴，牠的主人都沒有回應。與完全沒有動靜的主人相比，莫莉似乎急著想從盒子裡跑出來，進入屋內。如果不是為了以防萬一而準備了特殊的禮物盒，莫莉可能早就跑出來了。

「現在怎麼辦？要不要直接敲門？」

魔女握起拳頭正要敲門的同時，莫莉停止了動作，拉拉拿著突然變安靜的盒子歪了歪頭，放開把手，將盒子放在地板觀察莫莉的狀態，接著表情馬上變得僵硬起來。

「難道……」

「難道什麼？現在要怎麼辦？」

「現在馬上回麵包店比較好。」

「什麼？真的嗎？」

拉拉點了點頭，魔女露出一臉難以置信的表情，看著拉拉手上的盒子，她不知為何感覺到非比尋常的氣氛，莫莉的氣息消沉，給人鬱悶的感覺。

「現在莫莉正在告訴主人絕對不能打開這扇門，無論我們多麼急著要見牠主人，如果莫莉處在這種狀態，我們很難見到面。到底為何會如此，還需要進一步了解。」

拉拉說完後，魔女看著拉拉嚴肅的臉，立刻把鬱悶的心情拋在腦後。重新回到隧道遊樂設施前的拉拉和魔女爬上隧道，空間移動後，從畫冊現身。

「就這樣回來了？」

逗樂瞥了一眼拉拉手中的蛋糕盒，驚訝地說。拉拉直接走到中央貨架旁，放下莫莉並打開盒子，莫莉依然沒有任何動靜。魔女向拉出圓椅坐下的拉拉問道。

「莫莉有告訴妳為什麼牠不讓主人開門嗎？」

「沒有，但是我大概能猜到原因。」

「那是為什麼？」

「她剛剛似乎有說比起實現願望，主人平安無事更重要。仔細想想，從莫莉的立場來看，那是理所當然的。」

「理所當然？」

「莫莉比任何人都清楚，如果沒有牠的協助，主人不太可能獨自生活到今天。因為主人看不見，再加上住的地方很偏僻，所以很危險。」

「那樣的話就更應該請主人開門啊，因為只要吃下蛋糕就可以了不是嗎？」

「不，還有更重要的問題。莫莉非常想見主人，但是同時又不想。」

「想見卻又不想見？」

「因為莫莉是導盲犬。與其他咚咚不同，牠一直過著幫助和照顧主人的生活，對風險感知特別敏銳。在牠死去的那一瞬間，牠就覺得主人會有危險，所以才會在夢中告訴主人絕對不能出門。」

「那麼，牠上次在妳進入記憶時，不讓妳看到主人的臉也是因為這個理由嗎？」

「是的，為了不讓主人暴露在任何危險之中，牠連自己的記憶都扭曲了。牠打算竭盡全力保護主人不受害死牠的某人傷害。這一切複雜的情緒，應該是從莫莉死的那刻感受到的恐懼開始的。」

魔女長嘆了一口氣。

「現在終於有點理解了，那該怎麼辦才好？」

「我也不太清楚，現在除了莫莉被人用妖術攻擊致死以外，其他狀況我們都不知道。首先，我們得了解牠為什麼覺得連主人都會有危險。然而，問題是我瀏覽過的莫莉記憶大部分都被遮蓋得黑壓壓的，我不確定牠會不會再展示給我看。」

「唉，越聽越覺得這真的沒有可以解決的方法。」

魔女用手扶住頭說道。拉拉也同樣煩惱。

「有個方法！」逗樂發出低沉的聲音，牠壓低肩膀助跑，轉瞬跳到桌子上。

「我有個可能會有幫助的方法，妳們要聽聽看嗎？」

拉拉和魔女用驚訝的眼神對視後，一起看向逗樂。

6

黃泉盛開的勿忘草

「消除恐懼的方法有兩種，一種是面對恐懼並戰勝恐懼，另一個則是忘記恐懼。」

拉拉和魔女點頭表示完全同意逗樂的話。

「要完全抹去某人記憶的方法只有一個，去忘卻的江河，也就是黃泉，採摘沿途盛開的殷紅勿忘草。勿忘草的花語本來是『不要忘記我』。但是吃著黃泉的珍奇河水長大的陰間勿忘草卻有著與之相反的意思，那就是『請忘記我』。」

「那個勿忘草，我好像也聽說過。如果用這種草製造忘卻記憶的藥，效果會非常好。」魔女在旁補充說道。

「是的，沒錯，取黃泉蒸發後凝結在勿忘草花瓣上的四十九滴露珠，加入勿忘草花蕊，泡得濃濃的即可。當然，一定要好好計算並調好劑量，才有完美的功效。只要這款藥調製得當，應該可以抹去莫莉的記憶。」

「那誰來做這藥呢？」

「這個我來做，我一直想著有機會的話，我一定要調製看看。」

魔女滿臉期待且兩眼發光地說道，拉拉點了點頭。

「莫莉只要喝忘卻的藥就行了嗎？」

「嗯，雖然還需要進一步了解使用方法，但是大體上都是當事人選擇想要忘記的記憶後，分幾次喝藥水，一點一點地喝下去，就能連記憶中的殘影都去除得一乾二淨。」

「莫莉一個人能做到嗎？」

「靈魂當然無法吃或喝，但是能用同化的方法。」

「同化？」

「讓莫莉進入妳的身體，同化後，妳喝下藥水就能抹去莫莉的記憶。」

「這是我所知道的那個附身嗎？」拉拉皺著眉頭問道。

「意思差不多，但是有點不一樣。如果說這段時間妳是使用如動物溝通或心電感應之類的超能力，並以此能力成為觀察者進入他人的記憶中，那麼使用同化這個方法就是使妳成為他人本身。因此，他人所經歷和感受到的都會成為妳的東西，也就是同步了。」

拉拉的眉皺得更深了。「我……能做到那種程度嗎？」

「別擔心，只要妳同意，就不困難。莫莉曾經通過妳的身體，所以妳應該不會那麼有排斥感。」

「只要我同意就可以了？」

「是的，我們的工作隨時都需要協議。如果可以的話，也會彼此簽訂合約。我們會細心決定與誰、何時、何地，以及為何要簽訂合約，並且務必查清楚合約的效力到底有多強，或者什麼條件優先生效，這樣才能減少損失，並且避免簽訂不利的合約。廣義上來說，這樣的同意也屬於合約。所以只要像之前對咚咚們那樣，妳也下定決心同意要和莫莉同化，並接受牠，也許就能抹去莫莉的記憶了。」

這時魔女急忙插話：「等一下，這個方法是不是有點危險？據我所知，如果一個身體內有兩個靈魂，強勢的靈魂可能會推走另一個靈魂，也就是說如果出了差錯，莫莉可能會搶走拉拉的身體。」

「完全沒有那種可能性，那是卑鄙無恥的靈魂才會做的事。我在驅除這種靈魂方面是非常專業的。」

雖然逗樂很有自信，但是魔女威脅逗樂一定要確實把所有的風險告訴拉拉。默默聽著這些的拉拉開始詢問各種疑惑。

「那勿忘草的花蕊只要從黃泉摘過來就可以了嗎？需要準備其他東西嗎？」

「妳每次都會問非常好的問題，所以說我有件事需要商量。」

「要商量什麼？」

「黃泉嚴格控管活人出入陰間，萬一活人過了黃泉，那可就真的無法挽回了。過去曾有為了尋找死去妻子的丈夫在陰間變成了石頭。總之，死期未到的活人只要走到黃泉附近，江水就會氾濫，並將活人再次掃回人間。」

「也就是說，我去採摘時不能讓黃泉知道，對吧？」

「是的，沒錯，這就需要妙計了。」

「這次也是我來負責。」

拉拉走近還在盒子裡堅持不出來的莫莉。莫莉明知拉拉來了，也不抬頭。拉拉緊閉嘴唇，吸了一口氣，堅定告訴自己必須無條件說服莫莉。

「莫莉，妳出來一下，我現在要告訴妳一件非常重要的事。我們想幫助妳抹去妳所有不好的回憶。如果妳最後的願望是希望能盡情地跳妳教我的那支舞，那麼我也想幫助妳完成願望。」

原本對拉拉的溫暖呼喚沒有反應的莫莉聽到「舞蹈」後嚇得發抖。

「之前妳出現在妳主人的夢裡，但是卻沒帶他來這裡，是因為妳擔心他會有危險。看過妳的記憶後，我很清楚那種心情。直到妳失去生命的那一刻，妳還在拚命保護妳的家人。所以我可以告訴妳，只要和我們一起努力，妳的主人就不會處在危險之中，同時也能去除妳噩夢般的記憶，並實現最後的願望。」

「該怎麼做？」

莫莉轉過身並伸出頭來，看到終於開口的莫莉，拉拉嘴角上揚。

「雖然我們看起來很平凡，但是那邊那隻橘貓和魔女是很有能力的。可惜妳沒看過那隻貓在櫸樹車站做的那些事，但是妳見過牠把咚咚們帶到這個麵包店，實現願望後，平安引領牠們到陰間，還有剛才，妳有看到我們老闆施法把妳送到妳家門口吧？況且，我們是奉天命行事，也就是說，如果妳和妳的主人處於危險之中，天上堅實的後盾不會坐視不理。」

「即使如此，如果那隻傷害過我的手再次出現，我該怎麼辦？」莫莉的眼神裡透出恐懼。

「到時候我一定會守護妳的，知道嗎？我跟妳認識的其他人類不太一樣，所以請讓我看妳所有的記憶，我一定會把妳的恐懼一掃而空，這樣妳就能再見到妳的主人，開心地一起跳舞，並且笑著離開。如何？妳要相信我，並且試試看嗎？」

莫莉看著拉拉，慢慢地搖著尾巴，牠終於同意了。

☆ ☆ ☆

逗樂的專用通道也是通往另一個次元的門。跟著逗樂來到陰間的拉拉吃了她之前送給魔女的丹藥，因此變得比一節食指還小的她黏在逗樂的背上。

「到了，我過橋把這個拿給朱雀，在我報告我們工作的期間，妳要小心一點。」

守衛黃泉四神之一的南方朱雀特別喜歡白米，逗樂行前拜託魔女為朱雀做米糕。拉拉聽了逗樂的叮嚀後，緊緊抓住牠脖子上的毛。逗樂走向黃泉，假裝在附近徘徊，並順勢走到殷紅的勿忘草旁聞花香。越接近午夜，勿忘草散發的香氣就越濃郁。黃泉靜悄悄的，仔細一看，月光灑落的閃亮小水波甚至讓人感覺很溫和。拉拉趁機趕緊從逗樂的身上下來，並從事先帶來的口袋裡拿出六個小葫蘆瓶和六個稻草做的玩偶，以及魔女的頭髮。拉拉手裡緊緊握著六根相對較短的白髮，並將玩偶一一放在地上，將魔女的頭髮放在上面，接著拔下自己的頭髮疊在上面，再把葫蘆瓶掛在玩偶的脖子上後呼氣。

「現在完成了。」

為了阻擋黃泉看拉拉所在的地方，維持坐姿的逗樂俯視著拉拉以及出現在她旁邊的六個複製拉拉。拉拉迅速爬上附近的勿忘草，六個複製拉拉也跟著她一起行動。到了午夜，黃泉開始冒出水蒸氣。

「請務必記住，陰間的時間比我們的時間要快得多，午夜也會過得特別快。當然，如果我能遇到朱雀並請求協助的話會更容易，但是一旦太陽升起，露水就會乾涸，所以一定要在那之前……」

拉拉大力搖晃葫蘆瓶給逗樂看。

「好啦，好啦，我只是在為妳加油。」

逗樂看到七個拉拉全部掛在花莖上的樣子，就從座位上站了起來。黃泉籠罩著霧氣，那是個沒有一絲風的夜晚。拉拉在美麗的黑暗中看著低矮的草葉結下的露珠，露出了微笑。

「快走。」

拉拉向逗樂揮了揮手，逗樂這時才收起擔憂的表情，轉身離去。拉拉又爬上了花莖，迎接夜晚的花瓣緊閉著，似乎不想讓任何人打擾。

「花蕊要午夜過後才能摘。」

逗樂不知不覺消失了。拉拉拿起掛在脖子上的葫蘆瓶，取了一滴花莖上的露珠。每個拉拉需要七滴露珠才能湊齊四十九滴。拉拉和其他六個複製拉拉開始勤奮工作，不斷將露珠裝進葫蘆瓶裡。一滴、兩滴、三滴……到了取下第五滴時——

「花香在這段時間變淡許多。」

拉拉仰望著天空，在漆黑的黑暗中依稀看到淡淡的曙光。即使只有極淺的光線，閉合一整夜的花朵也開始綻開花瓣。越來越焦急的拉拉正要迅速爬向花瓣的時候——

「哎呀！」

拉拉踩空了，她正要跨過本以為是花苞的地方時，那朵花正好要綻開。好不容易抓住一片花瓣，搖搖晃晃地吊掛著的拉拉趕緊看向黃泉所在的地方。幸運的是，黃泉似乎沒有感知到進入勿忘草田的七個拉拉。拉拉迅速伸出一條腿，向更結實的葉子部分爬過去。在此期間，其他拉拉已經完成工作，一個個爬下花朵，將葫蘆瓶放在一起。拉拉此時正好看到一朵剛綻放的勿忘草花朵內有一滴露珠。

「只要取下那最後一滴露珠，再摘下花蕊就行了。」

拉拉趕緊移動，但是花朵上的露珠每秒鐘都在明顯變小。花瓣一個接一個地張開，拉拉移動時不得不更加小心，如果掉下去發出聲音，那就完蛋了。在拉拉再次接近目標花朵的過程中，突然颳起一陣強風。與此同時，六個拉拉那邊傳來了啪嗒一聲摔倒的聲音。

「咒語解開了！」

在拉拉艱難移動的同時，因為咒語瓦解而散在稻草玩偶之間一根拉拉的頭髮隨風飄動，飄落到黃泉上。這段時間在月光下閃閃發光的水波突然出現眼皮，不久後，黃泉睜開了眼睛！拉拉看到那奇異的景象後瑟瑟發抖。數萬個漂浮在黃泉上的瞳孔四處張望，尋找著入侵者，並開始慢慢將河水推向空中。拉拉強忍著想放聲尖叫的衝動，快速移動，取下露珠和花蕊，並且毫不猶豫地跳到地上。很快地，一個巨大的影子在她身後落下，拉拉立刻停止行動。

「希望黃泉能放過我，拜託！」

然而，從黃泉流出的寒氣包圍拉拉，黃泉也開始觀察拉拉這位入侵者究竟是什麼樣的人。拉拉忍住了身體的顫抖，深吸一口氣，立即衝向六個複製拉拉留下的葫蘆瓶。

「哇哇哇！哪來的活人！」

拉拉不顧雷聲般巨響的喝斥，飛身抓住葫蘆瓶。為了不被氾濫的黃泉沖走，拚命奔跑，直到背後傳來洪亮的吼叫聲，拉拉抱著葫蘆瓶縮成一團，想著現在一切都完了。就在那瞬間，拉拉感覺到自己的身體被猛然抬了起來，因此發出一聲慘叫。

「拉拉，是我啦。」

拉拉的腳觸地後，聽到了熟悉的聲音。這時丹藥的藥效也開始失效，睜開眼睛的拉拉面前站著一個身形非常高大的生物。

「逗樂！」

這是拉拉生平第一次親眼看到老虎，她忍不住驚訝地左看右看，此時黃泉再次平靜下來。

「這……是你本來的樣子嗎？」

「是啊，這就是我原本的樣子。」

「天啊！我本來以為你是可愛的小貓咪呢，沒想到你超巨大！」

「我必須恢復我原本的樣子，才能及時趕來這裡。」

拉拉點了點頭，身體突然沒了力氣。這是因為緊張消除後，疲勞一下子襲來。

☆ ☆ ☆

拉拉睜開眼睛後，發現自己已經回到麵包店。她看到製作完成的藥放在身旁的小葫蘆瓶裡，心裡有些焦慮，從現在開始，沒有人知道將會發生什麼事，唯一能確定的是這件事成功與否取決於自己，因為自己是唯一能聽到莫莉的心聲，並消除牠噩夢般記憶的人。

「莫莉，這次妳進來我的身體後，不要穿越過去，而是好好待著，直到我們兩個同化，知道嗎？」

莫莉走近拉拉，一個勁兒地汪汪叫，似乎是在問拉拉現在還能不能改變心意。然而，拉拉笑著搖了搖頭。

「不行，我也答應過妳會努力不把妳彈出去，所以妳也得等到我們同化為止，明白嗎？」

拉拉再次叮囑。魔女則緊緊抓著坐在沙發上的拉拉說道：「拉拉，如果覺得行不通，就要趕快分離靈魂。距離最後期限還有點時間，應該能找到別的辦法，千萬不要逞強，好嗎？」

逗樂走到扶手邊，鑽進了拉拉懷裡。大家都計畫著，如果拉拉的狀態稍有異常，就要隨時幫助她拉出莫莉的靈魂。

「好的，我現在準備好了。」

「那麼先喝一口藥吧，雖然不知道莫莉的記憶有多糟糕，但是提前喝的話，會有一些防禦作用。」

拉拉根據逗樂的指示，伸出右手拿起葫蘆瓶，並且打開瓶蓋，喝了一口藥。她將散發著發霉草味的藥水嚥到喉嚨時皺起了眉頭。

「莫莉，現在妳也進來吧，」

莫莉在拉拉面前眨了兩下大眼睛，並且進到拉拉的胸口，停留在心臟附近。在那一瞬間，拉拉喝的藥勁慢慢擴散。莫莉開始慢慢滲入拉拉的心中，她們很快就同化了。經過一陣黑暗後，拉拉終於看到了莫莉主人夏竣的臉。他輕輕閉上雙眼，在莫莉的帶領下緩步而行，經過幾個凹凸不平的人行道後，出現了兩條分岔的路，莫莉熟練地轉向平時走的紅綠燈那側。這時，拉拉看到之前莫莉記憶中的全景，並聞到熟悉的味道。

「莫莉，我們稍微往後一點，站在紅綠燈正前面。」

接著，莫莉開始帶領主人前進。拉拉的意識迅速追趕莫莉的意識，合併為一。拉拉一到紅綠燈前面就想立刻摀住鼻子，她不停眨著眼睛，舌頭輕輕舔著鼻尖。

「太香了，味道太濃了！這是化妝品的味道！」

狗狗驚人的嗅覺可以立即聞到氣味，濃烈的化學物質味道衝擊著拉拉。當鼻子因為濃烈的味道而完全麻木時，有人走近了她。她像平時一樣抬起頭想確認對方的瞬間，突然有隻烏黑的手掌遮住了她的眼睛。

「咯，喘不過氣！」

拉拉皺著眉頭，她聞到手掌中散發出各種動物的氣味。

「這是無數動物死去的味道！」

與此同時，強大的力量震撼了腦袋，拉拉的瞳孔放大，好像快要窒息了，她覺得不能再這樣下去，趕緊從記憶中脫出睜開眼睛，並迅速舉起手中的葫蘆瓶，把藥喝下去。魔女和逗樂用擔心的眼神看著她，但是她連解釋情況的精力都沒有，只想盡快擺脫這種痛苦，並且持續深呼吸。不久後，部分記憶已經逐漸淡化，拉拉隱隱有了安全感。

「我現在好一點了，這藥的效果很好。」

拉拉笑著耍嘴皮子，魔女則細心地擦了擦她額頭上的汗水。恢復穩定的拉拉決定重新回到記憶中。魔女這次也緊緊握住了拉拉的手，感受著手中熱氣的拉拉慢慢地閉上了眼睛。她感受到一股巨大的力量拉扯著自己的靈魂，恐懼的身體已經僵硬了，她想尖叫並求饒，但是卻連聲音都失去了，一句話都說不出來，只能張著嘴。拉拉咬緊牙關，但是黑手掌現在已經貼在拉拉的額頭上，因此無法再堅持下去的想法支配了全身。

「我不能就這樣被牽著鼻子走。殺了我之後，他說不定會害我的主人！我不能被吸進去。」

當時莫莉感受到的迫切感傳到了拉拉身上，拉拉開始流淚，但還是使盡全身力量堅持到底，等待最後的危機來臨了。拉拉頭昏腦脹，很想知道是不是結束了？

「拉拉，拉拉！打起精神來，拉拉！」

拉拉聽到魔女焦急地喊著自己的聲音，勉強睜開了眼睛。她的眼淚撲簌簌掉下來，魔女幫她拿起葫蘆瓶，在嘴唇上滴了幾滴藥。

「拉拉，夠了，這樣就夠了。」

拉拉搖了搖頭，不想就此罷休。

「不，我想全部刪掉。我不能讓莫莉帶著這麼可怕的記憶離開。」

「拉拉！」

「拜託了，老闆，我感覺好像刪得差不多了，現在只剩下臨死前的最後記憶，只要把這段刪除，莫莉今天就會出現在牠主人夢裡。」

拉拉從魔女手中拿來葫蘆瓶，喝到只剩一、兩口，並且向魔女微笑。

「如果我醒不過來，請務必把剩下的藥灌進來，我就能馬上回來。」

「妳真是的！」

魔女喊道。拉拉聽著逗樂低沉的呼嚕聲，重新進入記憶中。然而，拉拉總覺得有點奇怪，她在半空中看著莫莉倒下的樣子，周圍的人蜂擁而至，看似主人的男人正在嚎啕大哭。

「不是這樣的……這是哪裡？莫莉怎麼已經死了？我得進入比這個

更前面一點的記憶裡。」

就在這一瞬間，傳來嗚嗚的哭聲。這是與拉拉身體同化的莫莉發出的聲音。在拉拉抹去記憶的這段期間，一直沉寂的牠現在因為擔心拉拉而出聲，牠給拉拉一個訊號，告訴她不要太投入。

「沒關係的，莫莉，我沒事。」

於是記憶膠卷往前倒退，到了莫莉臨死前。

「只要再抹去這段記憶就完成了。」

但就在這時——

「逃跑吧！」

完全被吸進黑暗中的身體，就像被海浪沖走般被快速拋了出來。

「快逃啊，快點！」

拉拉聽到某人尖聲喊叫的那一瞬間，身體迅速高高地浮了起來。身體上殘留的氣息也全部消失，靈魂浮在空中。

「莫莉！」

下面又傳來另一個尖叫聲，是夏竣發出來的。周遭的人嚇得亂哄哄的，一個接一個圍住了現場。其間又傳來了不同的聲音。

「拉拉，拉拉！」

在意識模糊之間，拉拉聽到了魔女的呼喚，她艱難地睜開眼睛，在確認莫莉與自己分離後，完全失去了知覺。第二天下午，夏竣熱情地迎接來到家裡的陌生人，因為在前一天的夢裡，莫莉提出了這樣的要求。

「莫莉告訴我，如果牠的朋友們來找我，我一定要開門。」

拉拉和魔女在夏竣的帶領下，抱著裝有莫莉的蛋糕盒坐在客廳的沙發上，盒中的莫莉啪啪拍打著又長又厚的尾巴。託拉拉的福，完全去除恐怖記憶的莫莉比任何咚咚都開朗。拉拉覺得能看到牠原來的面貌真的非常幸運，她把比一般蛋糕盒還高的盒子放在桌上。

「我帶了地瓜蛋糕，要嘗一嘗嗎？」

「啊，不用，沒關係，我……」

夏竣簡短地揮了揮手。然而，拉拉卻不顧夏竣的鄭重拒絕，急忙打開了蛋糕盒。她認為讓夏竣見到莫莉比什麼都重要。夏竣一聞到甜甜的地瓜蛋糕味道就發出低聲驚嘆。

「莫莉……」

「請盡情地吃吧，祝您度過幸福的時光。」

拉拉拿出整個蛋糕，把備好的叉子遞給他。她輕輕抓著夏竣的手，引導他走向有蛋糕的地方。吃下蛋糕的夏竣馬上露出了溫柔的微笑，因為他在腳下感覺到被吸進他的鼻子又出來的莫莉。

「莫莉，是我的莫莉嗎？」

夏竣放下叉子呼喚莫莉，接著將手移到莫莉的頭上。夏竣發出驚嘆，嘴唇微微顫抖，眼裡也噙滿淚水。

「真的是莫莉，我的莫莉真的來看我了。」

摸著莫莉柔軟的頭，他似乎想起了什麼，拍了拍膝蓋。感官敏銳的夏竣比任何人都能更快讀懂莫莉的心。他趕緊從座位上站起來翻看唱片，並取出最髒的那一片放在播放器上。

「今天也跳妳最喜歡的華爾滋吧？」

莫莉高興地跳起來，夏竣笑著輕輕張開雙臂。他的兩個腳後跟靠得很近，腳尖張開，彎曲膝蓋，移動胳膊，跳了起來。莫莉也伸直雙腿，臀部往後推，溫柔地跳起來。看著他們做準備動作的樣子，拉拉推測夏竣失明前應該是專業舞者。

「現在，請和我一起跳最後一支舞吧，莫莉公主。」

莫莉輕快地叫了一聲。前奏開始後，夏竣喊著：「一二三、一二三……」的口令。當他的聲音完全填滿空間時，夏竣和莫莉互相看著對方快樂地笑著。他們不斷跳著，直到莫莉變成光消逝為止。

7

逃亡的靈魂

見到夏竣後，拉拉和魔女回到麵包店，逗樂也到陰間報告任務完成，但是她們對於逗樂在陰間聽到的事感到驚訝。

「所以那個傳聞與這次的事件有關？」

「我在陰間聽到的消息是這樣沒錯。」

「天神怎麼說？」

「天界現在似乎還把這視為機密，他們應該也很慌張吧，誰能料到會發生那樣的事？即使是永生之神，也無法擺脫宇宙自然的力量，到了一定壽命，就會再次重生為孩子，並且長大變老。然而，壽命週期已盡，重生成為小孩的恐懼之神卻越界了。」

「該不會是那個小孩神親自釋放了惡人吧？」

「雖然很遺憾，但是確實是如此。一個對萬物都好奇的年幼孩子神，正好走到受到上天懲罰的惡人棺材附近，那一刻，惡人本能地感知到純真善良的神就在自己身邊。因此惡人立刻偽造聲音哀求小神，請小神釋放可憐的自己。天真的神聽到惡人的哀號，產生了憐憫之心，於是按照惡人的請求，念誦解除咒語，把棺材打開了。」

「唉，惡人真是狡猾。」

「據說那個惡人前世是一國之王，以戰爭狂聞名。他是一個無時無刻不侵略周邊國家、殺害百姓的殘暴分子。他不斷佔領他國，變得越來越貪得無厭，甚至想長生不老，永享權勢。後來，他終於用妖術找到了永生之道。那就是把人或動物的純真靈魂關起來，並施咒延長自己的壽命。」

「果然我的直覺是對的，不管怎麼說，他施術的方式非同尋常。」

「怎麼說？聽起來好可怕，我都起雞皮疙瘩了。」

「一般來說，想在自己身體裡製造收集靈魂的空間，體內必須集結沒有一絲善良的黑暗和邪惡才能實現。要想做到這一點，就要不惜做出最惡劣的惡行。」

魔女緊閉雙唇，皺起眉頭，在一旁的拉拉也沉默了一會兒。

「真像在電視劇或電影裡看到的故事。」

魔女望著沉默的拉拉喃喃自語，拉拉接著說道。

「這實在難以置信，在天界受到懲罰的惡人靈魂因為某個失誤而逃脫，造成了莫莉的死亡，我真的很驚訝，也很害怕會再發生這樣的事。」

「拉拉，妳回家再休息一陣子如何？」

魔女拍拍拉拉的後背，溫柔地說道。為了去除莫莉的記憶，拉拉喝下了靈藥，但是進入拉拉意識中的記憶殘影卻沒能去除乾淨。

「沒關係，多虧妳昨天幫我做的穩定劑，我現在好多了。我只是覺得這件事比想像中更可怕，所以心情很沉重。其實，我也有事要說。」

魔女和逗樂對視，隨後都以希望拉拉快點說的眼神看向拉拉。

「昨天我因為太過驚慌，所以沒有提起。在莫莉的靈魂完全被吸進黑手掌之前，出現了另一股力量試圖阻止這件事的發生。」

「另一股力量？」

「嗯，有人想從手掌中逃脫，將莫莉稍微彈了出來，當時我還聽到有人叫我快逃。」

「看來有其他靈魂活在裡面。」

拉拉看著逗樂點了點頭。

「無論如何，在莫莉死前的那刻，吞噬莫莉靈魂的黑暗空間被開得更大，所以沒有消滅的其他靈魂似乎從縫隙中逃了出來。」

「嗯，似乎就是那樣。還有，雖然只是我的感覺，但是，我總覺得我好像認識那個靈魂。」

「什麼？妳怎麼知道？」

原本沉默的魔女嚇了一跳。

「仔細一想，那似乎是我們學校附近經常出現的黑虎斑貓，因為我偶爾會看到同學們餵牠，所以才覺得很眼熟。那傢伙有著特別的短捲圓尾巴。」

「妳確定嗎？」

「是的，我很確定。因為幾前天，我才剛把一隻類似的貓埋在後山的公墓裡。那時我真沒想到會再看到牠，現在我更加確信了。」

每當看到黑虎斑貓，拉拉就會想起同學們三三兩兩聚在一起一邊餵貓，一邊愉快聊天的樣子。由於拉拉沒辦法加入他們，所以看到貓也經常裝作漠不關心，但是現在沒辦法再這麼做了。

「總之，這需要進一步了解，我今天晚上得去公墓看看了。」

「為什麼要去那裡？」

「我有很多問題想問虎斑貓。例如究竟是發生了什麼事，以及牠是否還記得臨死前的情況，還有……」

「妳該不會又要一個人去做吧？」

魔女驚呼道。拉拉露出被發現的表情笑了。

「我確實是這麼想的，哈哈。」

「妳喔！」

魔女捏住拉拉的臉頰，拉拉嘟著雙唇喊道：「等一下，我們都有各自要做的事。」

「各自要做的事？」

逗樂一問，拉拉迅速從魔女那裡逃脫，揉了揉被捏麻的臉頰。

「逗樂，你要去陰間打聽一下那個壞人，尤其是要了解該如何把他重新封印起來。」

「但是知道那個又能怎麼樣？難道妳想抓住那個惡人嗎？」

「如果有必要的話，我可能會。」

「不行，太危險了。」

「老闆，我們要先做好所有的準備。事情已經發生了，我總有不可避免的預感。畢竟我們的任務是讓咚咚們平安到陰間。」

「真是的，我該拿妳怎麼辦？」

魔女現在意識到不論自己再怎麼生氣也無法阻止拉拉，因此臉上露出了死心的表情。

「那麼我要做什麼？」

「請老闆再去找夏竣叔叔，問問他莫莉死的那天有沒有發生什麼特別的事，或是有什麼奇怪的地方。」

「我真不知道這麼做到底對不對。無論如何，妳絕不能一個人魯莽地行動，妳必須答應我這一點。」

面帶堅決的魔女向拉拉伸出小指，拉拉也笑著向她伸出小指打了勾勾。

☆ ☆ ☆

拉拉迎著寒冷的夜間空氣，走在木造房聚集的上坡路上，離天空最近的舊社區在月光下露出寂寥的模樣。她經過熟悉的巷弄，靜靜望著破舊別墅的入口，動了動稍微僵硬的臉，轉身離開了。這是她對家人的一種問候，也是為了緩解自己心中的不安，因為她接下來要做的事讓她感到焦慮。

拉拉來到位於別墅後方的公墓，環顧墳墓周圍後，開始行動。她將厚厚的書放在地上，從包包中拿出鮭魚罐頭和明太子魚乾等，接著把魔女備好的淨水倒了一點進瓷碗後燒香。

「現在請出來吧，我知道你就在附近。」

然而，墳墓邊只有掉在地上的落葉在滾動，非常安靜。寒風悽悽吹在拉拉臉上。

「我不會傷害你的，我只想幫助你，所以請出來吧，別害怕。」

拉拉接著到處走動，並喊著「寶寶、漂漂、斑斑、小寶貝」等等虎斑貓的各種外號，但是直到香燃燒了一半以上，虎斑貓仍然沒有出現。拉拉沒有屈服，開始真心表達自己的心意。

「你知道嗎？是我把你埋在這裡的，所以我想幫你這句話不是騙人的。更何況，我還趕在期限前，把你曾見過的那隻大狗平安送到陰間。也就是說，我真的可以幫助你，使你不必在公墓附近徬徨漂泊，你明白我說的意思嗎？」

「妳說的……是真的嗎？」

一個模糊而顫抖的聲音打破寂靜，拉拉立即轉身向發出聲音的方向前進。

「妳真的能將我送到那裡嗎？」

虎斑貓終於現身，但是拉拉卻不自主地皺起眉頭。

「你還好嗎？」

拉拉驚訝地問道，虎斑貓的斑紋斑駁得很嚴重，牠的靈魂光線非常微弱，形狀也不完整，像是一片片的碎片。

「如果我不用這種方式躲起來，我怕他會找到我，並且讓我完全消失。不過，妳真的能讓我平安無事地到陰間嗎？我到現在都不知道該怎麼獨自去那裡。因為我太害怕了，所以寸步難行。」

「是的，我可以幫助你，而且我能了解你的心情。」

「妳能讀懂我的心嗎？」

「我有看到靈魂記憶的特別能力，所以我可以閱讀狗狗莫莉的死前記憶，我就是在那裡看到你的。」

虎斑貓的瞳孔睜大，似乎難以置信。

「邪惡的黑手將你的靈魂吸走了，但是當莫莉的靈魂被吸進他手中時，你卻使出渾身解數從敞開的縫隙中逃了出來，這是非常艱難的事，簡直是奇蹟。」

聽完拉拉的說明後，虎斑貓放鬆警戒，飛到拉拉身邊。

「妳說對了，雖然很模糊，但是我當時看到像光一樣的東西，所以就義無反顧地往有光的方向逃。一想到當時發生的事，感覺心臟都要停了，那真的很可怕，我再也不想回憶。」

「是的，雖然我不是直接被攻擊，但光是透過狗狗的記憶看到這些，我也感到害怕。不過，為了讓你能平安無事地到陰間，我還是得審視你的那些記憶。」

「妳說要看的記憶，該不會是……？」

「是的，就是你害怕的那些記憶，我希望透過你的記憶查明惡人的真實身分，並且進一步阻止其他生命的死亡。」

「天啊，太不可思議了，那是很難的事，而且很可怕！」

虎斑貓的靈魂如同快要熄滅的蠟燭般不安地搖晃著。

「必須有人去做這件事，雖然不一定要由我去做，但是無論如何，我都想馬上阻止這種惡行，因為我不能眼睜睜看著你們這些純真的靈魂慘遭殺害，這樣的事絕對不能再發生了。所以啊，斑斑，請讓我閱讀你的記憶吧。」

拉拉耐心地告訴斑斑如何展示記憶，並且趕緊拿出葫蘆瓶，幸好裡面還有些許忘卻藥。

☆　☆　☆

拉拉來到一個暖洋洋，四周封閉的黑暗地方。這是哪裡啊？環繞身體的柔和空間因某人的移動而輕微晃動。眼前擺著誘人的食物，伸出舌頭一舔，就吃到一口好滋味。最後，粗糙的舌頭碰到了底部的軟布，發出粗糙的聲音。這是在包包裡嗎？拉拉感受著與身體貼合的空間，覺得自己應該是在包包中。這時，她從包包的另一邊感覺到有人匆匆忙忙移動的聲音。那個人的腳步聲很大，似乎是在某個建築物內部。他要帶我去哪兒呢？拉拉跟著斑斑的視角東張西望，並產生了這個疑問。

過了一會兒，包包輕輕咚的一聲觸及地板，似乎是被身分不明的某人放在某個地方。拉拉一動不動地待了一會兒，喵喵，她在寂靜中感到不安，小聲地叫了兩聲，輕輕敲了敲包包。這時，拉拉感受到莫名的緊張，直覺到將發生什麼事的她俯下身來，放低身體。不知怎的，她總有一種想躲起來的感覺。就在這時，透過包包傳來了鋼琴演奏的聲音。有規律的旋律是拉拉非常熟悉的樂曲。包包稍稍被打開了一些，拉拉靈敏地擺動著兩隻耳朵，不停地舔著鼻子，但是鼻尖卻越來越乾燥。噹，噹噹噹，噹噹噹噹。鋼琴以一定的節拍忠實地響起，聲音柔和且舒暢，但那分明是有什麼事將要發生的徵兆。

「是吉諾佩蒂第二號。」

有人正在彈奏拉拉之前為了祝福魚寶寶而播放的歌曲，她漸漸開始起雞皮疙瘩。這首樂曲是從純粹的年輕人們擺脫一切束縛，享受慶典，並光著身體參觀神殿的場景獲得靈感的美麗樂曲，但是居然在虎斑貓死亡前演奏。無論怎麼想，這怪異的選曲都讓人毛骨悚然。樂曲聲不斷迴響，聲音也隨著時間的推移越來越豐富。然而，越是如此，拉拉的心臟就跳得越厲害，她認為這個惡人的意圖非常可怕。

「是啊，現在這個人似乎把這種可怕的情況當作慶典一樣看待。」

一想到這個，拉拉就不由自主地直打哆嗦，她的血液湧上頭，並流到手和腳尖，察覺到危險的斑斑最終嚇得大叫起來。牠的本能是正確的，隨即傳來拉下拉鍊的聲音。一隻特別細長的手伸進包包中。

「啊，又是那種噁心的味道！」

惡人為了掩蓋死去動物們的體味，竭盡全力將化學香料塗滿全手。這時，長手移動了位置，溫柔地拍打著斑斑的臀部。這種行為反而引發了斑斑更大的緊張感。優美的鋼琴聲在不知不覺中流淌著，來到了樂曲的後半段。最終，斑斑口中傳出了哀求的哭聲，很快與優美的樂曲混合在一起，變成了噪音。在那一瞬間，拍屁股的手越過腰部，緊緊抓住了斑斑的腹部。斑斑的腦中隨即一片空白，不由自主發出尖叫聲。這時，急切的手強行勒緊斑斑的嘴，也許是覺得斑斑的哭泣很礙眼，惡人用神經質的手開始用力搖晃斑斑的頭，直到斑斑喘不過氣且站不起來才停止。在斑斑急促喘息時，那隻手又抓住了斑斑的腹部。

「絕對不能再被牽著鼻子走了。」

斑斑直覺地將腳趾甲緊緊嵌在地板的布上，此時，尚未拉開的拉鍊也掉了下來，包包完全敞開了。另一隻手很快伸了進來。兩隻手在斑斑的腋下勒緊，斑斑劇烈地掙扎，連腳趾甲都斷了。對方帶著噁心的笑容，張開嘴深情地安慰斑斑。

「他甚至很享受這種行為。」

斑斑當時非常無助，眼淚在眼眶裡打轉。這段比莫莉的經歷更恐怖的感覺支配了整個神經。怎麼有人能若無其事地做出這種事呢？如果拉拉沒有提前喝下最後的忘卻藥，只怕早已筋疲力盡。之後，樂曲結束了，寂靜降臨。惡人抽走斑斑努力抓著的包包。在黑暗中，斑斑依稀看到了洗臉台、綠色的香皂，還聞到些微騷味和漂白水味，鏡中則映照出貓和另一個人！

「天啊！」

睜開眼睛的拉拉最終攤坐在地上，沒有力氣擦去額頭上汗水的她不斷深呼吸，但是心裡卻無法平靜下來。

「他、他的……真實身分居然……！」

拉拉用雙手摀住了自己發白的臉，這實在太令人震驚了。

8

平凡的少女們

拉拉從口袋中掏出一支震動的手機，是魔女。

「妳在哪兒？現在情況如何？」

魔女用相當著急的聲音問道。

「我現在在學校。」

「學校？妳一個人在那裡？」

「老闆，妳能先說發生什麼事了嗎？」

拉拉打斷了她的話，魔女嘆了口氣後開口說道：「就像妳要我打聽的那樣。」

拉拉的眼睛在黑暗中閃閃發光。

「夏竣也說那天遇到散發濃烈味道，讓他感到不舒服的人。不過他似乎不知道莫莉是被殺害的，只以為莫莉是突然心臟麻痺死亡。」

「啊，對夏竣叔叔來說，也許這樣比較好。」

「所以我沒特別再和他說什麼了。」

拉拉在電話那頭點了點頭。「但是難道大叔沒說那是什麼味道嗎？」

「哎呀，我忘了說這件事，他說那味道像是女孩子用的草莓氣味乳液。」

「啊，草莓香。」拉拉的懷疑進一步變成確信。

「但是，妳為什麼去學校？妳到底獨自在那裡做什麼？不，先等我，在我去之前什麼都不要做。」

拉拉感受到魔女擔心她的溫暖，因此原本僵硬的臉龐露出了微笑。

「不用了，我還有件希望老闆能幫忙的事。現在我家後面的公墓有和莫莉一起逃跑的虎斑貓。牠也是一直被學生們照顧的孩子，說不定能成為咚咚，但是如果今天午夜還不能升天，可能就永遠沒機會了，所以我希望妳能陪逗樂一起負責這件事，拜託了。」

魔女勉強答應了。拉拉掛斷電話，確認了時間，十七點五十八分，距離午夜還有幾個小時。調整好呼吸的拉拉看了看寫著音樂教室的門，接著將頭轉向教室對面，虎斑貓被殺死的女廁。月光從走廊的窗戶透進來，打破了黑暗。拉拉開始移動腳步，她握著音樂教室門把的手在發抖，但是不能再猶豫了，因此她直接推開了門。這時，一股難聞的草莓味撲鼻而來，一想到對方用散發甜蜜香味的化妝品巧妙掩蓋殺動物的痕跡，拉拉就不由自主地皺起眉頭，而對方則饒富趣味地盯著拉拉。

「居然都是妳做的。」

「是的，是我。」

藝瑟露出平凡少女的笑臉，坐在窗框上回答。拉拉慢慢走進教室內，月光下隱隱約約露出的黑色三角鋼琴，以及藝瑟的樣子美麗得令人毛骨悚然，但是她並不是真正的藝瑟。

「我大概知道你是誰，你是犯罪後受到天罰，所以被關在陰間的惡人。」

「妳很清楚嘛！看來不需要我解釋，那妳知道我的名字嗎？」

拉拉沒有躲開他的眼睛，回答不知道。於是他惡狠狠地笑起來。

「我的名字是英正。記住，因為從今天開始，這個名字將永遠不會被忘記。」

「不用了，你是怎麼進到藝瑟體內的？」

「這個嘛，看似巧合，但其實也是命運的安排。如同我找了這麼久才找到她一樣，這孩子其實也等我很久了。」

拉拉這次沒有回應，只是默默看著他。他從窗框上跳下來，很快就站穩腳步。

「人啊，越是渴望著什麼，就越期待能得到強大的力量，這小姑娘也是因為這樣才需要我的。」

「那是什麼意思？」

「她鋼琴彈得很好，所以想用這個技能進入藝術高中，但是要進那裡太難又太辛苦了，所以她想依靠別的東西。還好我有力量去滿足這孩子懇切的願望，這對我來說是小菜一碟。」

在那一瞬間，拉拉腦中浮現出一到考試期間，藝瑟就變得非常敏感的臉龐。她還只是國中生，就必須準備術科和面試，有時看起來真的很可憐。已經大致了解情況的拉拉看到了掛在英正手腕上閃閃發光的原石手鐲，之前有幾個女同學會戴這種手鐲，她們說是可以實現願望。

「就是那個！他從陰間逃走後就是躲到那裡，進入了藝瑟體內！」

魔女曾告訴拉拉某些可能會被邪惡巫術汙染的神奇物品，並說如果看到這些，就不要隨意觸摸或交易，原石手鐲也是其中之一。

「你為什麼要這麼做？」拉拉挑釁地問道。

「妳這不是個傻問題嗎？妳想想看，我不就是為了活命嗎？妳懂我現在的狀態吧？我被關進毫無縫隙的棺材裡，經歷了靈魂破碎的不幸。這是多傷自尊的事。現在回想起來，這是不是很可笑？但是就在我元神快要消亡的時候，正好有個小神路過救了我，那也太諷刺了吧？幸運就這樣再次降臨，給了我機會。」

拉拉掩飾不住憤怒的心情，她對英正所說的每句話都感到不快，且無法忍受。但是她也很快就發現，英正害死咚咚們是要復活自己破碎的靈魂。

「為什麼你的目標非得是咚咚？」

「因為牠們是深受人們喜愛的純真靈魂。我愛純粹的東西。我從以前就喜歡剛出生的嬰兒得到的充滿愛意的眼神，現在則愛著咚咚們活著時得到的充滿愛意的手。起初，因為咚咚們擁有的靈魂力量太過澄澈強大，我根本無法接近，所以我就先殺死幾個在街上遊蕩的小動物培養力量。」

「你……什麼？」

「現在我已經強大到足以吸收所有動物靈魂的程度了。我真的很期待咚咚們能帶給我多大的力量，以及吸收所有力量，重獲新生的我會變得多麼厲害。我光是想像就覺得很了不得。」

英正用充滿期待的眼神看著拉拉。拉拉咬緊牙關，心想絕對不能讓他如願以償。拉拉的眼中充滿熊熊怒火，拳頭緊握，為了不爆發，她費盡心力忍耐。雖然拉拉一想到眾多犧牲的動物們就憤怒不已，但是現在比起自己的情緒，如何重新抓住英正並將他關起來才是更迫切的問題。尤其她也希望能找回身體和精神都被支配的藝瑟。

「難道魚寶寶也是你害的？」

拉拉突然有了這樣的想法。雖然魚本來就是敏感的生物，突然死亡的情況並不少見也不奇怪。但是現在想想，魚寶寶也是深受家人喜愛的生命，所以英正很有可能殺死了牠。面對拉拉的提問，英正大笑。

「妳現在才發現？真是慢得讓人驚訝。進入這孩子體內後，我最容易接近的就是那條魚了，可是沒想到妳居然替那條魚辦喪事，還邀請我參加！對，是我殺的，但是卻因為靜瑞那小鬼闖進來，害我沒得到牠的靈魂。」

拉拉看著惡人一臉可惜的模樣，懊悔自己居然現在才發現這惡人的真面目。

「我盯上那隻大狗也不是偶然。某天，我看到一個專門採訪動物和人類親密無間的電視節目。我最近很喜歡看那個，因為這樣可以知道哪些動物是深受喜愛的。那個叫莫莉的也上了節目，我看到牠和盲人主人一起生活的樣子，真的感動到要流淚了。牠代替主人成為眼睛，也成為主人的朋友和家人，忠誠又可愛，還得到主人無條件的愛，還有比這更好的目標嗎？在我看來，那隻狗是全世界最好的目標，但是……」

英正瞬間以冰冷的表情噘起嘴。

「這次又出現了變數！就是打擾我和莫莉初次見面，還逃跑的那隻貓。牠肯定也不好過，到底跑去哪兒了，怎麼都找不到。因為那隻貓受到很多學生們的喜愛，所以吸入牠後我力量恢復得很快，感覺超棒，早知道會這樣我就該再吃快一點的，真是太可惜了。」

拉拉越聽越痛苦，英正為了自己，讓所有動物都處在痛苦之中。

「妳不覺得今晚的月色很美嗎？看看那月亮，快到滿月了，我今天終於要成功了」

「成功？」

英正看著月亮，在拉拉的提問下，走到黑色三角鋼琴旁邊。拉拉隨著他移動視線，英正慢慢掃視在月光下閃爍的鋼琴，接著抓住鋼琴蓋。他打開蓋子，裡面出現一團白色的毛，那團毛躺在鋼琴鍵上瑟瑟發抖。仔細一看，是隻還很幼小的小白貓。拉拉看著勉強維持生命的小貓，瞪大了眼睛，嚥下了乾澀的口水。

「你在幹什麼？」

當拉拉用低沉的聲音問起時，英正瞥了她一眼，笑了笑。他的笑臉太殘忍，讓拉拉不由得直打哆嗦。英正走到鋼琴前撫摸琴鍵，接著坐在座位上開始演奏。前奏一響，拉拉就緊閉雙眼。

「夠了！」

吉諾佩蒂第一號，緩滿且悲痛。英正持續彈奏這首優美的樂曲，由於白貓被放在琴鍵上，所以演奏過程不斷出現空音。

「為什麼，你為什麼要這樣做？你到底想要什麼！」

拉拉再也忍不住喊了起來。這時英正才停止了演奏，慢慢從座位上站起來，開始摸著鋼琴邊緣。

「我很喜歡這首曲子，但原來妳不是啊！妳曾讓我聽過這首曲子的第三號。」

拉拉清楚記得那天，美麗的樂曲、荷花，和魚寶寶一起度過最後時光的靜瑞及家人們的溫暖笑聲清晰地掠過。當時魚寶寶在發光消逝的瞬間，四個家人變成的紅色半透明尾巴的魚隨著池塘波浪靜靜游動，彷彿是為了紀念牠的死亡。但是這溫馨的畫面現在卻蒙上一層可怕的陰影。

「從那隻魚的喪禮以後，我每天都會聽這首曲子。我附身的這個孩子彈得很好，每次聽都讓我非常滿意。吉諾佩蒂第一號，緩慢且悲愴，二號緩慢而憂傷，三號緩慢而莊嚴。啊啊，哪還有這麼適合死亡的曲子？」

拉拉盯著沉浸在讚嘆中的英正，說道：「才不是這樣，這是首為了純澈的人們準備的慶典曲子。不是給你這種卑鄙、殘暴，還受到天罰的人。」

英正難掩興奮之情，露出對拉拉非常滿意的眼神。拉拉並不樂見自己如英正希望的失去理智，但是她實在無法再坐視他繼續作惡。

「對了，這隻白貓是我特地為妳準備的禮物。」

「什麼意思？」

「這是從之前說妳壞話的女孩家裡帶來的。為了不馬上吸收這孩子的全部靈魂，我費了好大的勁啊。妳看，我的頭髮都豎起來了。」

「你把世雅家的貓弄成那樣？」

「妳馬上就猜對了，是啊，就是她的貓。妳學期初借東西給她，卻反而被罵對吧？她說妳借她的東西是路上撿來的垃圾，這讓妳多丟臉啊！」

「哈，不好意思，雖然世雅曾經這麼說，但是我並不希望她受到懲罰，所以不要再拿我當藉口做這種卑鄙的事了。」

「什麼啊，我以為妳會喜歡呢，妳心裡應該很高興吧。不需要這麼偽善，人性本惡，妳也不例外。如果妳因為不好意思而假裝不喜歡，沒關係，交給我，我來替妳報仇。」

說完後，英正走到鋼琴中間，開始向顫抖的小貓伸出手。

「不，不行！」

馬上覺察到危險的拉拉奮不顧身抓住英正的肩膀，在那短短的一瞬間，英正的笑臉映入拉拉眼簾。他立刻伸出黑手掌，摸著拉拉的前額，拉拉這時才發現自己完全掉進了他的陷阱。

「是啊，我就知道妳會這樣，即使被貓的主人欺負，即使救這隻貓會面臨失去能力和靈魂的危險，妳都不會對這隻貓視而不見。這種勇氣，雖然很愚蠢，但是很有趣。無論如何，我現在就特別邀請妳走進有小白貓塔咪的黑暗中。」

「嗚嗚……」

「哎呀，妳的表情看起來好痛苦啊。就這樣結束了還真可惜，我來告訴妳一個充滿希望的消息，妳可以遇到塔咪後，和牠一起想想看有沒有辦法從我的手掌溜出去，我覺得看著抱持希望的妳們應該會很有趣。」

拉拉在不斷增加的痛苦中緊握雙拳，反覆思考英正的最後一句話。她認為也許塔咪真的知道如何逃出去。惡人總是如此，只要確信自己能獲勝，就會大意。拉拉邊想邊閉上眼睛，她的抵抗已經到了極限。

「嗚……嗚啊啊啊啊啊！」

拉拉聽到英正因為自己的尖叫而發出滿意的笑聲後，完全失去了知覺。

☆ ☆ ☆

拉拉好不容易睜開眼睛，卻什麼都看不到，她在黑暗中感受到毛骨悚然的氣息，因此縮起了雙肩，緊接著，死去動物們的惡臭撲鼻而來。

「有新的孩子來了，是隻白貓。」

「太可怕，太可憐了。」

拉拉覺察到牠們所說的新孩子是世雅家的貓，於是把頭轉向了能聽到聲音的方向，這時拉拉的視野逐漸變明亮，並且看到了許多雙眼睛。這些動物們個個嚇得精神恍惚，牠們不知道自己到底遭遇了什麼事，在黑暗中靜靜縮著身子。

「我們很快就會消失了。」

「我親眼看到的，已經有七隻貓神不知鬼不覺地在這裡消失了。」

「沒錯，再過一段時間我們也會變成那樣。」

「他們剛開始是變成碎片，接著形狀變得模糊，不知何時就消失了。」
「接下來要消失的就是我們的靈魂。」
默默聽著牠們對話的拉拉感受到陰冷的氣息籠罩全身，恐懼從她的腳掌湧上心頭。
「不管發生什麼事，我都要離開這裡。先找到塔咪吧。」
這時角落裡的小狗抬起頭開始哼哼叫起來。
「什麼？除了我們動物，居然還有人類！」
「這就是人類的味道啊，居然有人類進來了。」
「真可憐，連人類都被吸進來了，沒救了。」
「連人類都被吃掉，這表示我們永遠沒有希望離開這裡了嗎？」
拉拉在越來越吵雜的動物靈魂之間變得急躁起來。
「喂，大家，沒錯，我是人類，但是我會想辦法幫助大家從這裡逃出去的，拜託你們告訴我新來的白貓在哪裡？」
在那一瞬間，所有動物不約而同安靜了下來，大家面面相覷，有些動物則帶著些許興奮和懷疑的神色問道：「妳說我們可以逃走？這是真的嗎？」

「是的，我一定會幫助大家的，所以也請大家幫幫我。你們也都有看到一隻大黃金獵犬和一隻黑虎斑貓從這裡溜出去了。這是很明顯的例子，所以我也會努力找出逃走的方法，再和大家一起逃出去。」

聽到拉拉的話，大家開始動搖，馬上熱烈談論莫莉和虎斑貓。有動物再次來到拉拉面前問道：「我們該怎麼做？只要告訴妳那隻貓的下落就可以了嗎？」

「先告訴我就行了，我要閱讀那隻貓的記憶，這樣我們才能想出讓所有人都逃出去的方法。」

「妳要閱讀記憶？」

「是的，但是我現在沒時間解釋。」

「我知道了，那妳先跟我來。」

一個小靈魂開始迅速移動，跟隨他的拉拉發現了牠是哪種動物。

「你是老鼠嗎？」

「對，我是野鼠，靠著吃花和穀物過活。」

「但是你為什麼……」

拉拉看著牠消失的長尾巴，低聲嘆息，她無法估算英正的魔爪到底涵蓋多廣。隨著野鼠進入更深的黑暗之中，原本只能看到瞳孔的動物們型態慢慢變清晰。所有的動物靈魂都漂浮在黑暗中，身體的某一部分都消失了，就像拉拉看到的虎斑貓一樣。拉拉也看到了幾個勉強在轉動眼珠的動物，這讓她不由自主皺起眉頭。雖然這幾個動物的嘴巴都消失了，什麼話都說不出來，但是卻比任何動物都迫切地高喊救命。拉拉開始一一記下牠們的吶喊，並且下定決心一定要救出所有的動物。在此期間，野鼠敏捷地移動著小小的身體，向眾多動物靈魂們一一詢問世雅的貓在哪裡。拉拉則跟著領頭的野鼠走進更深的黑暗中。

「就是這裡，大家說這是最後一次見到那隻貓的地方，妳叫牠，牠應該就會出來。」

「謝謝你，我一定會遵守剛剛與你們的約定。」

野鼠短促地叫了一聲，便悄無聲息地消失了，剩下拉拉一個人。拉拉的兩側充滿絕望且害怕的眼睛，沒有任何特別之處，但是這反而更奇怪。拉拉感受到不祥的氣息，又環顧了一下四周。就在這時，一隻在拉拉腳邊的兔子嘴唇開始變模糊，兔子因吃驚和害怕而開始尖叫，直到牠的嘴唇完全消失的那一刻。但是對於拉拉來說，牠的吶喊聽起來像淹在水裡，十分模糊。

「現在我連周圍的聲音都聽不太清楚了，居然這麼快就失去聽力了嗎？」

意識到這個事實的拉拉變得很著急，再這樣下去，說不定自己真的會全部消失。然而，她很快就打起精神，告訴自己要冷靜，並開始在黑暗中快速搜尋。幸運的是，每當她迷失方向徘徊時，蜷縮在各角落的動物靈魂們都願意成為她的嚮導。

「塔咪，塔咪呀。」

在黑暗中狂奔的拉拉聽到了微小的貓叫聲，並且迅速往那個方向跑去，終於看到了蜷縮著身體發抖的白貓。

「塔咪！」

「誰？世雅嗎？」

「我不是世雅，而是世雅的……朋友。」

因為難以說出朋友這個詞，拉拉的臉有些扭曲，所以反而慶幸四周很黑。

「妳是姐姐的朋友？不行，別過來，別過來！」

「塔咪，不要害怕，我是來救妳的。」

「救我？那，那看來妳不是那個姐姐，那個姐姐說要把我的靈魂吸光……這實在太可怕了！」

塔咪最終放聲大哭，拉拉走到牠身邊，拍拍牠的身體。

「我馬上就要像其他動物一樣消失了，我的姐姐應該也不會來找我吧？」

「那是什麼意思？世雅正在焦急地找妳？」

「可是，那個可怕的姐姐說我的姐姐拋棄我了，說是我的姐姐把我交給她的。我為什麼總是被拋棄？為什麼我愛的人都要拋棄我？也許我消失對大家都好……」

「太不像話了！世雅絕對不會拋棄妳的，這都是進入藝瑟體內的惡人在說謊。」

「妳說謊！那我的姐姐為什麼還不來找我？」

「這件事對世雅來說太難又太危險了，所以我受世雅的委託來到這裡，我有特殊的能力可以救妳。」

「特殊的能力？」

「妳現在也看到了，我身為人類，跟妳溝通卻一點問題都沒有。」

「這樣看來，確實沒錯。」

「所以從現在開始好好聽我說，藝瑟身體裡那個叫英正的壞人在我被吸進黑暗之前說過這樣的話。他說如果見到妳，就要問問妳有沒有辦法出去。」

「什麼？對不起，我不知道逃出去的方法，所以我也無法脫離這可怕的黑暗。」

「我知道，所以我才想請妳幫我，我會進入妳的記憶中尋找線索。」

「到我的記憶中尋找？那怎麼可能呢？」

「我做得到，因為這是我的特殊能力。」

塔咪露出難以置信的眼神。

「如果妳不相信的話，現在就通過我的身體來確認吧，這樣我就能讀取妳最後的記憶。」

拉拉向猶豫不決的塔咪堅決地點了點頭，塔咪這才慢慢移動身體穿過拉拉。拉拉立刻挑選了塔咪最近的記憶並進入其中，她隨即看到了被英正入侵的藝瑟，英正皺著眉頭罵髒話，似乎對某個意外感到很不開心。

「真是的，為什麼吸不進去呢？難道這隻貓跟一般的貓不一樣嗎？」

從記憶中走出的拉拉低聲複誦這句話，塔咪大吃一驚，並且走到拉拉身邊，開始仔細觀察她的臉。

「妳居然真的能閱讀我的記憶！」

「是啊，我也知道妳有多害怕。」

「那我現在該怎麼辦？重新通過妳的身體就可以了嗎？」

「不，這次請進入我的身體，靜靜等待，直到與我融為一體，接下來我會看著辦。」

☆　☆　☆

拉拉蜷縮在潮濕地下停車場內熄火的汽車旁，那裡散發著刺鼻的霉味。這時她聽到某人的腳步聲，在豎起雙耳聽出腳步聲是主人發出時，喜悅的心情一下子湧了出來。

「終於來了。」

她馬上跑過去，看到拿著小貓專用罐的世雅站在面前。

「怎麼妳的家又被拿走了。」

「喵嗚。」

「妳叫得真可愛，但是我費盡心思為妳做的紙房子，又被撿廢紙的大叔撿走了。」

世雅向小白貓道歉，因為她還沒有告訴父母小白貓的事。如果能將小白貓帶回家養，就不需要用廢棄的紙箱蓋房子了。拉拉這才稍微明白為何世雅要對她說那樣難聽的話。為了了解小白貓與世雅初次見面的情況，拉拉回到更早的記憶中，跟著還是小貓的塔咪一起經歷遺棄事件。深夜到其他社區偷偷拋棄小白貓的手太無情了，讓人既生氣又痛苦。小白貓徘徊了幾個晚上後，好不容易才在公寓地下停車場遇見世雅。

「小貓咪，妳過來啊。」

因為這一句親切的呼喚，塔咪叫著跑了出去。此後，牠再也不必在寒夜街頭遊蕩，也不必餓肚子了。就這樣過了一段和平的日子，不知不覺到了炎熱的八月，梅雨季來臨了。從凌晨開始傾盆而下的大雨到了下午變得更加強烈，雨水甚至開始緩緩流入世雅家公寓的地下停車場。雖然塔咪很害怕，但是仍然相信世雅姐姐會來找自己，所以沒有離開，這天真的判斷讓拉拉有些忐忑。拉拉不祥的預感很快成為現實，停車場不知不覺淹滿了水，很難站穩腳步。小身體因為淹水開始浮起來，她的呼吸變得急促，每次吸氣水都會進入鼻內，並因此感到刺痛。小白貓掙扎了半天仍在原地打轉，因此漸漸沒了力氣，並昏了過去。

「不能死！妳不能死啊，塔咪，快醒過來！」

拉拉聽到某人急促的呼喚聲、腳步聲和呼吸聲。好不容易睜開眼睛，拉拉看到了世雅的下巴，這才又放心地閉上眼睛，並且開始更快地瀏覽記憶，她快速看過抱著甦醒塔咪的世雅、安慰哭泣世雅的父母，以及塔咪在客廳沙發上受到家人喜愛的場景。之後出現的記憶是躺在床上，神采奕奕的世雅。發出喵喵聲後，咻地跳上床的塔咪小心翼翼走到世雅身邊，將身體蜷進世雅肚子旁。隨著時間流逝，塔咪給予的愛逐漸治癒了世雅的身心。世雅鬆開原本緊抓著肚子的胳膊，更貼緊塔咪。兩人的熱氣凝聚在一起，拉拉感受到世雅的肚子漸漸放鬆，以及她倆之間流動的溫暖氣息。這種力量比拉拉看過的任何力量都強大。

「塔咪，謝謝妳來到我身邊，託妳的福，我的病好像都好了。我愛妳，塔咪，我以後也一定會讓妳幸福的。」

世雅溫柔地撫摸塔咪柔軟的毛，拉拉從她手中感受到感激之情。

「塔咪，就是這個，這充滿愛的治癒！正因如此，妳的靈魂才沒被英正全部奪走，所以請妳千萬不要懷疑世雅對妳的愛。」

拉拉發現英正說他是故意留下塔咪的部分靈魂這句話是假的，也許是他終究沒有能力將這深厚的感情力量轉化為黑暗。在意識到這一事實的瞬間，拉拉覺得自己全身都變成了光團，那是她體內的塔咪發出的清澈氣息，拉拉認為現在應該與塔咪分開了。她的判斷是正確的，靈魂一分離後，塔咪就發出足以吞噬這巨大黑暗的強大光芒，這個光團開始不斷匯集原本處在黑暗中的眾多動物靈魂，並且以極快的速度發出更大的光芒，黑暗則被驅逐得一點也不剩。大家開始看到外面的情況，英正不僅還在吸收拉拉的靈魂，甚至連塔咪的剩餘靈魂都還未順利全部吸入。

「妳看那個，我能看見外面的我了。」

「我也能看見！就是現在，塔咪，快帶著大家一起出去。」

「現在？但是妳怎麼辦？」

塔咪滿臉擔憂地問道。不知何故，拉拉至今都無法進入牠的光團之中。

「我不是有特別的能力嗎？所以不要擔心，快出去吧，我馬上就會跟著出去的。」

儘管拉拉這麼說，亮得耀眼的光團卻沒有前進，直到拉拉向塔咪堅定地點點頭，巨大的光團才如同大行星爆炸般開始迅速離開可怕的黑暗空間。

「啊，太好了。」

強烈光團經過的地方只留下拉拉一人，由於英正緊握著手掌，拉拉再也看不到外面的情況了。再次陷入黑暗中的拉拉呆呆站著，開始嘗試了解周圍的情況。

「嗚！」

突如其來的痛苦使拉拉咬緊了嘴唇，她的靈魂正在崩解，這是得經歷過才會懂的痛苦。

「好難呼吸。」

拉拉意識到自己幾乎所有的能力都被英正奪走了，漸漸感到乏力的身體和逐漸失去的意識使她難以站立，只能躺在地板上。

「我好睏，但是還沒結束。外面可能還會有動物被抓進來，所以我要打起精神去幫助他們。但是我的眼睛睜不開了，就這樣結束了嗎？媽媽，我要去媽媽那裡了嗎？爸爸現在還好嗎？還有奶奶和弟弟，我好想你們。老闆，逗樂，救救我。咚咚啊，我已經不行了，對不起，我實在撐不住了，但是我不想就這樣死掉，我還有好多事想做，我想跟其他同學一樣，過著平凡的日子……」

就在那一瞬間，拉拉睜開眼睛，感覺到自己的身體被強烈拉到外面，就像鐵製金屬黏在磁鐵上一樣。拉拉看到了鋼琴旁的英正，英正則看著自己的手掌喊道：「什麼！妳怎麼逃出來的？」

拉拉猛吸一口氣，慢慢走近他。

「因為這裡是學校。」

「那是什麼意思？明明是我要把妳的能力全部吸光，蠶食妳的靈魂才對，這到底是怎麼回事？妳現在不是感覺不到被我搶走的能力了嗎？」

「應該是要那樣，但是我卻重新擁有了那些力量。」

「這是……怎麼做到的？」

「沒什麼大不了的，因為我的合約條件非常棒。」

「什麼？」

「在開始打工之前，我與天界簽訂了雇傭合約，合約裡附加了特別條款。那就是我想在學校過平凡的生活，這一條現在實現了。」

「在學校？那跟妳能逃出來有什麼關係？」

「因為我在這裡必須是一個平凡的孩子，這一點沒有任何人能打破，這是我送咚咚們去黃泉得到的回報，所以當初你就選錯地方了。上天永遠不會偏袒邪惡的那一方，哪怕是偶然，也一定會奪走邪惡勝利的機會，就像現在這一刻一樣。」

「哈，妳未免太過傲慢。」

英正似乎很憤怒，死死地盯著拉拉，緩緩站了起來。拉拉全神貫注地看著他下一步行動，她的身後漂浮著先前逃出來的靈魂。然而，就在此時，英正後面出現了一個身影。

「天啊，塔咪！妳為什麼在那裡？」

塔咪本想趁英正處在混亂之中時找回自己的肉體，但是英正站起來之後，塔咪整個僵住了。拉拉提心吊膽地看著在空中瑟瑟發抖的塔咪，急著想辦法吸引英正的注意。英正正好盯著牆上掛著的時鐘，二十一點二十三分，子夜將至。

「妳的朋友們馬上就要趕來了吧？這回就算我輸了，我今天就先撤退了。」

拉拉聽後一點一點鬆開了緊握著的拳頭。

「但是，我得再……」

英正突然不再繼續說下去，拉拉從他眼中閃現的瘋狂意識到了危機。在那一刻，英正突然轉身將手伸向塔咪。

「我要再吃掉這隻貓！」

「不行！」

拉拉又縱身一躍，就在那時，她的面前出現了火焰，並且迅速分裂圍住英正。被英正附身的藝瑟彎下腰，開始嘔吐。因為痛苦而臉部扭曲的藝瑟口中冒出了黑煙，以及一個不明物體。拉拉大吃一驚，趕緊朝塔咪那裡走去。

「現在還不要靠近！」

「老闆！」

魔女在拉拉後面緊拉住她的手臂。

「那隻貓咪應該沒事，妳先別擔心。反倒是妳還好嗎？有哪裡受傷嗎？」

「我沒事，你們來的時機剛好，我沒有受傷。」

「真是太好了。」

魔女確認過拉拉的狀態並感到安心後，音樂教室內響起可怕的怪聲。這不是藝瑟清脆的嗓音，而是英正粗獷可怕的聲音。不知何時，英正完全脫離了藝瑟的身體，變成了一團煙團。黑色的煙團被突然冒出的火焰牢牢抓住並勒緊。

「那是不可滅之火，我不撲滅，就絕對滅不掉。」

「但是再這樣下去周圍都會燒掉的。」

正如拉拉所擔心的，英正痛苦地在教室內到處亂跑，因此強烈的火花開始四處飛舞。其他靈魂為了躲避火花，紛紛散去，緊挨著牆壁。

「別擔心，這些火花掉到地上就會消失，因為不可滅之火是驅除噩夢或惡人時用的火。」

「啊，所以英正才會從藝瑟體內被逼出來啊。」

魔女點了點頭，正如魔女所說，掉在其他東西上的不可滅之火很快就熄滅了。

「但還是要小心，那些火球本身很燙，最好不要靠近。」

在熊熊燃燒的火球中，英正的尖叫聲越來越大。

「還是把藝瑟搬到安全的地方比較好，否則萬一火球掉下來就糟了。」

「好，就這麼做吧。」

拉拉和魔女走到藝瑟身邊，拉著她的身體。她們將臉色蒼白的藝瑟搬到教室角落，並觀察她的呼吸和體溫。就在此時，在火球中凝聚最後力量的英正睜開了雙眼，並且轉動眼球，將視線集中到拉拉的後腦勺。英正發出一陣刺耳的怪叫後，猛地撲向拉拉。

「趴下！」

拉拉的腦海中響起雷鳴般的聲音，身體不由自主地移動，與此同時，一股熱氣從頭上掠過。拉拉這時才看到猛力撞上牆壁後反彈的英正火球，並且迅速撿起逗樂扔過來的棺材。

「拉拉！用手掌依序敲擊棺材上動物中的龍、羊、狗、牛畫像，然後向英正大喊：『回到你的墓地去。』」

逗樂的聲音再次響遍拉拉全身，拉拉立即抓住有稜角的六角形棺材，轉來轉去，開始尋找逗樂說的動物。然而，由於棺材總是在顫抖的手上滑動，所以尋找的工作並不順利。

「我不會善罷干休的。」

被火球包圍的英正苦苦掙扎的聲音不時傳到拉拉耳朵裡，看著準備再次攻擊自己的英正，拉拉嚥了嚥口水。雖然拉拉反覆告訴自己要冷靜，但是越是如此，心臟就跳動得越厲害。龍、狗、牛，還有……她才找到第三隻動物時，突然脊椎一陣雞皮疙瘩。感受到不祥氣息而抬起頭的拉拉與爆青筋的英正對視了。與此同時，英正張大嘴狂叫道。

「我不會善罷干休的……啊啊啊！」

悽慘的謾罵聲以飛快的速度向拉拉撲去。

「拉拉，躲開！」

拉拉不顧魔女急切的呼喚，仍然站在原處尋找動物畫像，她終於找到最後的羊，趕緊敲擊畫像後，睜大雙眼用力喊叫。

「英正，回到你的墓地去！」

在拉拉喊叫的同時，棺材脫離了她的手，分成兩半，接著迅速包住燃燒著的英正，開始強力壓縮。無比奇怪的哭聲響起，這可怕的尖叫聲讓教室裡的所有人都摀著耳朵，痛苦不堪。英正持續叫喊到棺材完全關閉，關閉後的棺材仍不停震動。全身被汗水浸透的拉拉癱坐在地上，這真是一場驚險的勝利。

☆ ☆ ☆

拉拉以凍僵的手用力打開麵包店大門，迎接她的是魔女、逗樂，以及咚咚們燦爛的笑容。

「假期過得好嗎？」

「是的。老闆，妳昨天有看夏竣大叔的初次表演嗎？」

「還沒，我等著妳一起看。」

「真的嗎？現在我們班的同學都心花怒放，因為大叔實在太帥了！有些同學已經成了粉絲。」

當拉拉聽到夏竣參加舞蹈比賽的消息時，比聽到任何其他消息都要激動且開心。在節目最後出場的夏竣用黑布遮住雙眼，穿上能夠最大限度展現舞姿的柔軟飄逸衣服。拉拉緊盯著螢幕中他緊張的臉龐，期待著他跳舞。夏竣伸長了腿，無伴奏地開始舞動，他輕快跳舞的身姿如同體操選手揮舞的彩帶般又長又柔軟，令人讚嘆不已。評審們也激動地張開嘴或雙手合十。瞬間，所有評審都按下了合格按鈕。夏竣合格後，拉拉看著下集預告片，不知為何心裡冒出了一個想法。

「莫莉也會在小狗星球上那樣跳舞嗎？」

「嗯，我想是的。」

對於拉拉的提問，魔女投來溫暖的目光。

「妳的同學們如何？她們現在沒事了吧？」

「妳說藝瑟和世雅嗎？她們現在都過得很好。藝瑟那天去了醫院，但是很快就出院了，還考上了理想的學校。世雅知道是我幫忙找到塔咪，也為之前討厭我的事道歉了。她們都很感謝我，所以最近有點……」

「看來妳們變成好朋友了吧？」

「喔？嗯。」

拉拉不好意思地不斷撫摸著自己的頭髮。

「總之能平安無事地結束真是萬幸。我一想到之前的情況就覺得可怕，妳為了打開棺材蓋而不躲避燃燒的火球，如果當時妳直接遭到那個傢伙的攻擊……天啊，我想都不敢想，妳不知道那之後我作了多少天的噩夢。」

「哈哈，是嗎？我反而睡得很好。」

拉拉皺著鼻頭耍嘴皮子，魔女瞪了她一眼。

「即使順利解決，我也希望以後不要再發生這種事了。」

聽到魔女的話，拉拉靜靜點了點頭深表同感。根據逗樂所說，英正被牢牢封印在比以前更強的棺材裡，並且被埋在陰間。

「逗樂，為什麼封印英正時要用那種咒語？喊龍、羊、狗、牛有什麼意義？」

「以四季來說明就很容易理解，妳知道代表十二個月的動物嗎？」

「嗯，就是十二生肖吧？鼠、牛、虎、兔、龍、蛇、馬、羊，還有……」

「對，就是那個，春天是虎、兔、龍，夏天是蛇、馬、羊，秋天是猴、雞、狗，冬天則是豬、鼠、牛。龍、羊、狗、牛是每個季節的最後一個動物，牠們都有著在進入下一個季節之前，結束每個季節的作用，也因此牠們擁有特殊的力量，那就是象徵末端、結束、消滅和死亡的力量。」

「所以你才要我喊『回你的墓地去』啊！」

拉拉似乎覺得能推論到這點的自己很厲害，拍了拍手，但是隨即歪著頭露出疑惑的表情。

「但是當時畫在棺材上的動物，我記得大概只有八隻吧，不是嗎？」

「妳連那個都看得那麼仔細啊！沒錯，那個棺材上沒有虎、蛇、猴、豬的畫像。」

「這是為什麼？」

「因為這些動物與龍、羊、狗、牛相反，是象徵開始、準備、新生和誕生的動物。為了不讓這樣的惡人再次出現在世人面前，我乾脆在天界給我棺材時，就將這些畫像消除，杜絕他重生的可能性了。」

「原來如此。」

「拉拉，如果妳好奇的問題都解開了，現在可以告訴我要去哪裡了嗎？」

魔女在拉拉和逗樂對話時插嘴問道。

「喔，是啊，我差點忘了。其實從幾天前開始，我就在想第一個旅行目的地希望是能看清楚星星的地方。你們不是說每個咚咚都會回到屬於牠們的星球嗎？我突然想看一看牠們在星星上的樣子，你們不覺得那應該會很棒嗎？」

「這個想法很不錯，我想到一個合適的地方。那裡高度很高，應該很冷，正適合穿冬衣的現在。」

魔女說完，叫拉拉穿上外套，繫上圍巾，站在畫冊前拿起筆，接著瞬間畫出布滿星星的夜空。浸滿畫冊的黑色墨水變成了黑暗的夜空，留有小空隙的空白處變成了彷彿馬上就要撒到地上的群星，閃耀著耀眼的光芒。

歡迎大家來到大島茂納凱亞火山天文台

「大島？」

「是的，夏威夷的大島，妳是第一次去吧？」

拉拉瞪大了眼睛，點了點頭。

「太好了，現在一起進去吧？」

拉拉跟著站在畫冊前的魔女，急急忙忙站起來。走近畫冊時，她的鼻腔透進與韓國冬天沒什麼兩樣的空氣。拉拉呼氣時吐出一團灰白色的霧氣，她靜靜看著魔女，魔女也看著拉拉，微微一笑，便向畫冊邁出一步。

當她們正要完全進入畫冊時，姍姍來遲的逗樂也嗖地跳了進去，走到她們身邊，終於完成了完美的畫。

END

國家圖書館出版品預行編目 (CIP) 資料

魔女麵包店 / 韓秀仁著 ; 陳宜慧譯 . -- 初版 . --
臺北市 : 遠流出版事業股份有限公司 , 2025.03
面 ; 公分
譯自 : 마녀빵집

ISBN 978-626-418-103-7(平裝)

862.57　　113020543

魔女麵包店

作者——韓秀仁
譯者——陳宜慧
總編輯——盧春旭
執行編輯——盧春旭
行銷企劃——王晴予
美術設計——王瓊瑤

發行人——王榮文
出版發行——遠流出版事業股份有限公司
地址——104005 台北市中山北路一段 11 號 13 樓
客服電話——(02)2571-0297
傳真——(02)2571-0197
郵撥——0189456-1
著作權顧問——蕭雄淋律師
ISBN ——978-626-418-103-7

2025 年 3 月 1 日 初版一刷
定價——新台幣 380 元
（缺頁或破損的書，請寄回更換）

遠流博識網
http://www.ylib.com
E-mail: ylib@ylib.com